MACHADO DE ASSIS

A CARTOMANTE
E OUTROS CONTOS

Lafonte

Brasil - 2022

Título - A Cartomante e outros contos
Copyright da atualização © Editora Lafonte Ltda. 2022

Todos os direitos reservados.
Nenhuma parte deste livro pode ser reproduzida por quaisquer meios existentes sem autorização por escrito dos editores e detentores dos direitos.

Direção Editorial Ethel Santaella
Revisão Rita Del Monaco
Texto de Capa Dida Bessana
Diagramação Jéssica Diniz
Capa Marcos Sousa
Imagem de capa Oxana Mahnac / Shutterstock

Dados Internacionais de Catalogação na Publicação (CIP)
(Câmara Brasileira do Livro, SP, Brasil)

```
Assis, Machado de, 1839-1908
    A cartomante e outros contos / Machado de
Assis. -- São Paulo : Lafonte, 2022.

    ISBN 978-65-5870-278-8

    1. Contos brasileiros I. Título.

22-111027                                CDD-B869.3
```

Índices para catálogo sistemático:

1. Contos : Literatura brasileira   B869.3

Cibele Maria Dias - Bibliotecária - CRB-8/9427

Editora Lafonte
Av. Profª Ida Kolb, 551, Casa Verde, CEP 02518-000 - São Paulo - SP, Brasil - Tel.: (+55) 11 3855-2100
Atendimento ao leitor (+55) 11 3855 - 2216 / 11 - 3855 - 2213 - *atendimento@editoralafonte.com.br*
Venda de livros avulsos (+55) 11 3855 - 2216 - *vendas@editoralafonte.com.br*
Venda de livros no atacado (+55) 11 3855 - 2275 - *atacado@escala.com.br*

ÍNDICE

NA ARCA 5

A SERENÍSSIMA REPÚBLICA 15

PRIMAS DE SAPUCAIA! 23

CAPÍTULO DOS CHAPÉUS 33

AS ACADEMIAS DE SIÃO 47

A CARTOMANTE 55

UNS BRAÇOS 65

PAI CONTRA MÃE 75

MARIA CORA 87

MISS DOLLAR 107

LINHA RETA E LINHA CURVA 133

NA ARCA

TRÊS CAPÍTULOS INÉDITOS DO GÊNESIS

CAPÍTULO A

1

Então Noé disse a seus filhos, Jafé, Sem e Cam: "Vamos sair da arca, segundo a vontade do Senhor, nós, e nossas mulheres, e todos os animais. A arca tem de parar no cabeço de uma montanha; desceremos a ela.

2

"Porque o Senhor cumpriu a sua promessa, quando me disse: 'Resolvi dar cabo de toda a carne; o mal domina a terra, quero fazer perecer os homens. Faze uma arca de madeira; entra nela tu, tua mulher e teus filhos.

3

"E as mulheres de teus filhos, e um casal de todos os animais.

4

"Agora, pois, se cumpriu a promessa do Senhor. e todos os homens pereceram, e fecharam-se as cataratas dó céu; tornaremos a descer à terra, e a viver no seio da paz e da concórdia."

5

Isto disse Noé, e os filhos de Noé muito se alegraram de ouvir as palavras de seu pai; e Noé os deixou sós, retirando-se a uma das câmaras da arca.

6

Então Jafé levantou a voz e disse: "Aprazível vida vai ser a nossa. A figueira nos dará o fruto, a ovelha a lã, a vaca o leite, o sol a claridade e a noite a tenda.

7

"Porquanto seremos únicos na terra, e toda a terra será nossa, e ninguém perturbará a paz de uma família, poupada do castigo que feriu a todos os homens.

8

"Para todo o sempre." Então Sem, ouvindo falar o irmão, disse: "Tenho uma ideia." – Ao que Jafé e Cam responderam: "Vejamos a tua ideia, Sem."

9

E Sem falou a voz de seu coração, dizendo: "Meu pai tem a sua família; cada um de nós tem a sua família; a terra é de sobra; podíamos viver em tendas separadas. Cada um de nós fará o que lhe parecer melhor: e plantará, caçará, ou lavrará a madeira, ou fiará o linho."

10

E respondeu Jafé: "Acho bem lembrada a ideia de Sem; podemos viver em tendas separadas. A arca vai descer ao cabeço de uma montanha; meu pai e Cam descerão para o lado do nascente; eu e Sem para o lado do poente, Sem ocupará duzentos côvados de terra, eu outros duzentos".

11

Mas dizendo Sem: "Acho pouco duzentos côvados" – retorquiu Jafé – "Pois sejam quinhentos cada um. Entre a minha terra e a tua haverá um rio, que as divida no meio, para se não confundir a propriedade. Eu fico na margem esquerda e tu na margem direita";

12

"E a minha terra se chamará a terra de Jafé, e a tua se chamará a terra de Sem; e iremos às tendas um do outro, e partiremos o pão da alegria e da concórdia."

13

E tendo Sem aprovado a divisão, perguntou a Jafé: "Mas o rio? a quem pertencerá a água do rio, a corrente?

14

"Porque nós possuímos as margens, e não estatuímos nada a respeito da corrente." – E respondeu Jafé, que podiam pescar de um e outro lado; mas, divergindo o irmão, propôs dividir o rio em duas partes, fincando um pau no meio. Jafé, porém, disse que a corrente levaria o pau.

15

E tendo Jafé respondido assim, acudiu o irmão: "Pois que te não serve o pau, fico eu com o rio, e as duas margens; e para que não haja conflito, podes levantar um muro, dez ou doze côvados, para lá da tua margem antiga.

16

"E se com isto perdes alguma coisa, nem é grande a diferença, nem deixa de ser acertado, para que nunca jamais se turbe a concórdia entre nós, segundo é a vontade do Senhor."

17

Jafé, porém, replicou: "Vai bugiar! Com que direito me tiras a margem, que é minha, e me roubas um pedaço de terra? Porventura és melhor do que eu,

18

"ou mais belo, ou mais querido de meu pai? Que direito tens de violar assim tão escandalosamente a propriedade alheia?

19

"Pois agora te digo que o rio ficará do meu lado, com ambas as margens, e que se te atreveres a entrar na minha terra, matar-te-ei como Caim matou a seu irmão."

20

Ouvindo isto, Cam atemorizou-se muito e começou a aquietar os dois irmãos,

21

os quais tinham os olhos do tamanho de figos e cor de brasa, e olhavam-se cheios de cólera e desprezo.

22

A arca, porém, boiava sobre as águas do abismo.

CAPÍTULO B

1

Ora, Jafé, tendo curtido a cólera, começou a espumar pela boca, e Cam falou-lhe palavras de brandura,

2

Dizendo: *"Vejamos um meio de conciliar tudo; vou chamar tua mulher e a mulher de Sem."*

3

Um e outro, porém, recusaram dizendo que o caso era de direito e não de persuasão.

4

E Sem propôs a Jafé que compensasse os dez côvados perdidos, medindo outros tantos nos fundos da terra dele. Mas Jafé respondeu:

5

"Por que não me mandas logo para os confins do mundo? Já te não contentas com quinhentos côvados; queres quinhentos e dez, e eu que fique com quatrocentos e noventa.

6

"Tu não tens sentimentos morais? Não sabes o que é justiça? Não vês que me esbulhas descaradamente? E não percebes que eu saberei defender o que é meu, ainda com risco de vida?

7

"E que, se é preciso correr sangue, o sangue há de correr já e já,

8

"para te castigar a soberba e lavar a tua iniquidade?"

9

Então Sem avançou para Jafé; mas Cam interpôs-se, pondo uma das mãos no peito de cada um;

10

Enquanto o lobo e o cordeiro, que durante os dias do dilúvio, tinham vivido na mais doce concórdia, ouvindo o rumor das vozes, vieram espreitar a briga dos dois irmãos, e começaram a vigiar-se um ao outro.

11

E disse Cam: "Ora, pois, tenho uma ideia maravilhosa, que há de acomodar tudo;

12

"A qual me é inspirada pelo amor, que tenho a meus irmãos. Sacrificarei, pois, a terra que me couber ao lado de meu pai, e ficarei com o rio e as duas margens, dando-me vós uns vinte côvados cada um."

13

E Sem e Jafé riram com desprezo e sarcasmo, dizendo: "Vai plantar tâmaras! Guarda a tua ideia para os dias da velhice". E puxaram as orelhas e o nariz de Cam; e Jafé, metendo dois dedos na boca, imitou o silvo da serpente, em ar de surriada.

14

Ora, Cam, envergonhado e irritado, espalmou a mão dizendo: "Deixa estar!" e foi dali ter com o pai e as mulheres dos dois irmãos.

15

Jafé, porém, disse a Sem: "Agora que estamos sós, vamos decidir este grave caso, ou seja de língua ou de punho. Ou tu me cedes as duas margens, ou eu te quebro uma costela."

16

Dizendo isto, Jafé ameaçou a Sem com os punhos fechados, enquanto Sem, derreando o corpo, disse com voz irada: "Não te cedo nada, gatuno!"

17

Ao que Jafé retorquiu irado: "Gatuno és tu!"

18

Isto dito, avançaram um para o outro e atracaram-se. Jafé tinha o braço rijo e adestrado; Sem era forte na resistência. Então Jafé, segurando o irmão pela cinta, apertou-o fortemente, bradando: "De quem é o rio?"

19

E respondendo Sem: "É meu!" Jafé fez um gesto para derrubá-lo; mas Sem, que era forte, sacudiu o corpo e atirou o irmão para longe;

Jafé, porém, espumando de cólera, tornou a apertar o irmão, e os dois lutaram braço a braço,

20

suando e bufando como touros.

21

Na luta, caíram e rolaram, esmurrando-se um ao outro; o sangue saía dos narizes, dos beiços, das faces; ora vencia Jafé,

22

ora vencia Sem; porque a raiva animava-os igualmente, e eles lutavam com as mãos, os pés, os dentes e as unhas; e a arca estremecia como se de novo se houvessem aberto as cataratas do céu.

23

Então as vozes e brados chegaram aos ouvidos de Noé, ao mesmo tempo que seu filho Cam, que lhe apareceu clamando: "Meu pai, meu pai, se de Caim se tomará vingança sete vezes, e de Lamech setenta vezes sete, o que será de Jafé e Sem?"

24

E pedindo Noé que explicasse o dito, Cam referiu a discórdia dos dois irmãos, e a ira que os animava, e disse: "Correi a aquietá-los". Noé disse: "Vamos."

25

A arca, porém, boiava sobre as águas do abismo.

CAPÍTULO C

1

Eis aqui chegou Noé ao lugar onde lutavam os dois filhos,

2

e achou-os ainda agarrados um ao outro, e Sem debaixo do joelho de Jafé, que com o punho cerrado lhe batia na cara, a qual estava roxa e sangrenta.

3

Entretanto, Sem, alçando as mãos, conseguiu apertar o pescoço do irmão, e este começou a bradar: "Larga-me, larga-me!"

4

Ouvindo os brados, às mulheres de Jafé e Sem acudiram também ao lugar da luta, e, vendo-os assim, entraram a soluçar e a dizer: "O que será de nós? A maldição caiu sobre nós e nossos maridos."

5

Noé, porém, lhes disse: "Calai-vos, mulheres de meus filhos, eu verei de que se trata, e ordenarei o que for justo". E caminhando para os dois combatentes,

6

bradou: "Cessai a briga. Eu, Noé, vosso pai, o ordeno e mando". E ouvindo os dois irmãos o pai, detiveram-se subitamente, e ficaram longo tempo atalhados e mudos, não se levantando nenhum deles.

7

Noé continuou: "Erguei-vos, homens indignos da salvação e merecedores do castigo que feriu os outros homens".

8

Jafé e Sem ergueram-se. Ambos tinham feridos o rosto, o pescoço e as mãos, e as roupas salpicadas de sangue, porque tinham lutado com unhas e dentes, instigados de ódio mortal.

9

O chão também estava alagado de sangue, e as sandálias de um e outro, e os cabelos de um e outro,

10

como se o pecado os quisera marcar com o selo da iniquidade.

11

As duas mulheres, porém, chegaram-se a eles, chorando e acariciando-os, e via-se-lhes a dor do coração. Jafé e Sem não atendiam a nada, e estavam com os olhos no chão, medrosos de encarar seu pai.

12

O qual disse: "Ora, pois, quero saber o motivo da briga."

13

Esta palavra acendeu o ódio no coração de ambos. Jafé, porém, foi o primeiro que falou e disse:

14

"Sem invadiu a minha terra, a terra que eu havia escolhido para levantar a minha tenda, quando as águas houverem desaparecido e a arca descer, segundo a promessa do Senhor;

15

"E eu, que não tolero o esbulho, disse a meu irmão: "Não te contentas com quinhentos côvados e queres mais dez?" E ele me respondeu: "Quero mais dez e as duas margens do rio que há de dividir a minha terra da tua terra".

16

Noé, ouvindo o filho, tinha os olhos em Sem; e acabando Jafé, perguntou ao irmão: "Que respondes?"

17

E Sem disse: "Jafé mente, porque eu só lhe tomei os dez côvados de terra, depois que ele recusou dividir o rio em duas partes; e propondo-lhe ficar com as duas margens, ainda consenti que ele medisse outros dez côvados nos fundos das terras dele.

18

"Para compensar o que perdia; mas a iniquidade de Caim falou nele, e ele me feriu a cabeça, a cara e as mãos."

19

E Jafé interrompeu-o dizendo: "Porventura não me feriste também? Não estou ensanguentado como tu? Olha a minha cara e o meu pescoço; olha as minhas faces, que rasgaste com as tuas unhas de tigre".

20

Indo Noé falar, notou que os dois filhos de novo pareciam desafiar-se com os olhos. Então disse: "Ouvi!" Mas os dois irmãos, cegos de raiva, outra vez se engalfinharam, bradando: "De quem é o rio?" – "O rio é meu."

21

E só a muito custo puderam Noé, Cam e as mulheres de Sem e Jafé, conter os dois combatentes, cujo sangue entrou a jorrar em grande cópia.

22

Noé, porém, alçando a voz, bradou: "Maldito seja o que me não obedecer. Ele será maldito, não sete vezes, não setenta vezes sete, mas setecentas vezes setenta.

23

"Ora, pois, vos digo que, antes de descer a arca, não quero nenhum ajuste a respeito do lugar em que levantareis as tendas."

24

Depois ficou meditabundo.

25

E alçando os olhos ao céu, porque a portinhola do teto estava levantada, bradou com tristeza:

26

"Eles ainda não possuem a terra e já estão brigando por causa dos limites. O que será quando vierem a Turquia e a Rússia?"

27

E nenhum dos filhos de Noé pôde entender esta palavra de seu pai.

28

A arca, porém, continuava a boiar sobre as águas do abismo.

A SERENÍSSIMA REPÚBLICA
(CONFERÊNCIA DO CÔNEGO VARGAS)

Meus senhores,

Antes de comunicar-vos uma descoberta, que reputo de algum lustre para o nosso país, deixai que vos agradeça a prontidão com que acudisses ao meu chamado. Sei que um interesse superior vos trouxe aqui; mas não ignoro também, – e fora ingratidão ignorá-lo, – que um pouco de simpatia pessoal se mistura à vossa legítima curiosidade científica. Oxalá possa eu corresponder a ambas.

Minha descoberta não é recente; data do fim do ano de 1876. Não a divulguei então, – e, a não ser o *Globo*, interessante diário desta capital, não a divulgaria ainda agora, – por uma razão que achará fácil entrada no vosso espírito. Esta obra de que venho falar-vos, carece de retoques últimos, de verificações e experiências complementares. Mas o *Globo* noticiou que um sábio inglês descobriu a linguagem fônica dos insetos, e cita o estudo feito com as moscas. Escrevi logo para a Europa e aguardo as respostas com ansiedade. Sendo certo, porém, que pela navegação aérea, invento do padre Bartolomeu, é glorificado o nome estrangeiro, enquanto o do nosso patrício mal se pode dizer lembrado dos seus naturais, determinei evitar a sorte do insigne Voador, vindo a esta tribuna, proclamar alto e bom som, à face do universo, que muito antes daquele sábio, e fora das ilhas britânicas, um modesto naturalista descobriu coisa idêntica, e fez com ela obra superior.

Senhores, vou assombrar-vos, como teria assombrado a Aristóteles, se lhe perguntasse: Credes que se possa dar um regime social às aranhas? Aristóteles responderia negativamente, com vós todos, porque é impossível crer que jamais se chegasse a organizar socialmente esse articulado arisco, solitário, apenas disposto ao trabalho, e dificilmente ao amor. Pois bem, esse impossível fi-lo eu.

Ouço um riso, no meio do sussurro de curiosidade. Senhores, cumpre vencer os preconceitos. A aranha parece-vos inferior, justamente porque não a conheceis. Amais o cão, prezais o gato e a galinha, e não advertis que a aranha não pula nem ladra como o cão, não mia como o gato, não cacareja como a galinha, não zune nem morde como o mosquito, não nos leva o sangue e o sono como a pulga. Todos esses bichos são o modelo acabado da vadiação e do parasitismo. A mesma formiga, tão gabada por certas qualidades boas, dá no nosso açúcar e nas nossas plantações, e funda a sua propriedade roubando a alheia. A aranha, senhores, não nos aflige nem defrauda; apanha as moscas, nossas inimigas, fia, tece, trabalha e morre. Que melhor exemplo de paciência, de ordem, de previsão, de respeito e de humanidade? Quanto aos seus talentos, não há duas opiniões. Desde Plínio até Darwin, os naturalistas do mundo inteiro formam um só coro de admiração em torno desse bichinho, cuja maravilhosa teia a vassoura inconsciente do vosso criado destrói em menos de um minuto. Eu repetiria agora esses juízos, se me sobrasse tempo; a matéria, porém, excede o prazo, sou constrangido a abreviá-la. Tenho-os aqui, não todos, mas quase todos; tenho, entre eles, esta excelente monografia de Büchner, que com tanta subtileza estudou a vida psíquica dos animais. Citando Darwin e Büchner, é claro que me restrinjo à homenagem cabida a dois sábios de primeira ordem, sem de nenhum modo absolver (e as minhas vestes o proclamam) as teorias gratuitas e errôneas do materialismo.

Sim, senhores, descobri uma espécie araneida que dispõe do uso da fala; coligi alguns, depois muitos dos novos articulados, e organizei-os socialmente. O primeiro exemplar dessa aranha maravilhosa apareceu-me no dia 15 de dezembro de 1876. Era tão vasta, tão colorida, dorso rubro, com listras azuis, transversais, tão rápida nos movimentos, e às vezes tão alegre, que de todo me cativou a atenção. No dia seguinte vieram mais três, e as quatro tomaram posse de um recanto de minha chácara. Estudei-as longamente; achei-as admiráveis. Nada, porém, se pode comparar ao pasmo que me causou a descoberta do idioma araneida, uma língua, senhores, nada menos que uma língua rica e variada, com a sua estrutura sintáxica, os seus verbos, conjugações, declinações, casos latinos e formas onomatopaicas, uma língua que estou gramaticando para uso das academias, como o fiz sumariamente para meu próprio uso. E fi-lo, notai bem, vencendo dificuldades aspérrimas com uma paciência extraordinária. Vinte vezes desanimei; mas o amor da ciência dava-me forças para arremeter a um trabalho que, hoje declaro, não chegaria a ser feito duas vezes na vida do mesmo homem.

Guardo para outro recinto a descrição técnica do meu arácnide, e a análise da língua. O objeto desta conferência é, como disse, ressalvar os direitos da ciência brasileira, por meio de um protesto em tempo; e, isto feito, dizer-vos a parte em que reputo a minha obra superior à do sábio de Inglaterra. Devo demonstrá-lo, e para este ponto chamo a vossa atenção.

Dentro de um mês tinha comigo vinte aranhas; no mês seguinte, cinquenta e cinco; em março de 1877, contava quatrocentas e noventa. Duas forças serviram principalmente à empresa de as congregar: o emprego da língua delas, desde que pude discerni-la um pouco, e o sentimento de terror que lhes infundi. A minha estatura, as vestes talares, o uso do mesmo idioma, fizeram-lhes crer que era eu o deus das aranhas, e desde então adoraram-me. E vede o benefício desta ilusão. Como as acompanhasse com muita atenção e miudeza, lançando em um livro as observações que fazia, cuidaram que o livro era o registro dos seus pecados, e fortaleceram-se ainda mais na prática das virtudes. A flauta também foi um grande auxiliar. Como sabeis, ou deveis saber, elas são doidas por música.

Não bastava associá-las; era preciso dar-lhes um governo idôneo. Hesitei na escolha; muitos dos atuais pareciam-me bons, alguns excelentes, mas todos tinham contra si o existirem. Explico-me. Uma forma vigente de governo ficava exposta a comparações que poderiam amesquinhá-la. Era-me preciso, ou achar uma forma nova, ou restaurar alguma outra abandonada. Naturalmente adotei o segundo alvitre, e nada me pareceu mais acertado do que uma república, à maneira de Veneza, o mesmo molde, e até o mesmo epíteto.

Obsoleto, sem nenhuma analogia, em suas feições gerais, com qualquer outro governo vivo, cabia-lhe ainda a vantagem de um mecanismo complicado – o que era meter à prova as aptidões políticas da jovem sociedade.

Outro motivo determinou a minha escolha. Entre os diferentes modos eleitorais da antiga Veneza, figurava o do saco e bolas, iniciação dos filhos da nobreza no serviço do Estado. Metiam-se as bolas com os nomes dos candidatos no saco, e extraía-se anualmente um certo número, ficando os eleitos desde logo aptos para as carreiras públicas. Este sistema fará rir aos doutores do sufrágio; a mim não. Ele exclui os desvarios da paixão, os desazos da inépcia, o congresso da corrupção e da cobiça. Mas não foi só por isso que o aceitei; tratando-se de um povo tão exímio na fiação de suas teias, o uso do saco eleitoral era de fácil adaptação, quase uma planta indígena.

A proposta foi aceita. Sereníssima República pareceu-lhes um título magnífico, roçagante, expansivo, próprio a engrandecer a obra popular.

Não direi, senhores, que a obra chegou à perfeição, nem que lá chegue tão cedo. Os meus pupilos não são os solários de Campanela ou os utopistas de Morus; formam um povo recente, que não pode trepar de um salto ao cume das nações seculares. Nem o tempo é operário que ceda a outro a lima ou o alvião; ele fará mais e melhor do que as teorias do papel, válidas no papel e mancas na prática. O que posso afirmar-vos é que, não obstante as incertezas da idade, eles caminham, dispondo de algumas virtudes, que presumo essenciais à duração de um Estado. Uma delas, como já disse, é a perseverança, uma longa paciência de Penélope, segundo vou mostrar-vos.

Com efeito, desde que compreenderam que no ato eleitoral estava a base da vida pública, trataram de o exercer com a maior atenção. O fabrico do saco foi uma obra nacional. Era um saco de cinco polegadas de altura e três de largura, tecido com os melhores fios, obra sólida e espessa. Para compô-lo foram aclamadas dez damas principais, que receberam o título de mães da república, além de outros privilégios e foros. Uma obra-prima, podeis crê-lo. O processo eleitoral é simples. As bolas recebem os nomes dos candidatos, que provarem certas condições, e são escritas por um oficial público, denominado "das inscrições". No dia da eleição, as bolas são metidas no saco e tiradas pelo oficial das extrações, até perfazer o número dos elegendos. Isto que era um simples processo inicial na antiga Veneza, serve aqui ao provimento de todos os cargos.

A eleição fez-se a princípio com muita regularidade; mas, logo depois, um dos legisladores declarou que ela fora viciada, por terem entrado no saco duas bolas com o nome do mesmo candidato. A assembleia verificou a exatidão da denúncia, e decretou que o saco, até ali de três polegadas de largura, tivesse agora duas; limitando-se a capacidade do saco, restringia-se o espaço à fraude, era o mesmo que suprimi-la. Aconteceu, porém, que, na eleição seguinte, um candidato deixou de ser inscrito na competente bola, não se sabe se por descuido ou intenção do oficial público. Este declarou que não se lembrava de ter visto o ilustre candidato, mas acrescentou nobremente que não era impossível que ele lhe tivesse dado o nome; neste caso não houve exclusão, mas distração. A assembleia, diante de um fenômeno psicológico inelutável, como é a distração, não pôde castigar o oficial; mas, considerando que a estreiteza do saco podia dar lugar a exclusões odiosas, revogou a lei anterior e restaurou as três polegadas.

Nesse ínterim, senhores, faleceu o primeiro magistrado, e três cidadãos apresentaram-se candidatos ao posto, mas só dois importantes, Hazeroth e Magog, os próprios chefes do partido retilíneo e do partido curvilíneo. Devo explicar-vos estas denominações. Como eles são principalmente geômetras, é a geometria que os divide em política. Uns entendem que a aranha deve fazer as teias com fios retos, é o partido retilíneo; outros pensam, ao contrário, que as teias devem ser trabalhadas com fios curvos, é o partido curvilíneo. Há ainda um terceiro partido, misto e central, com este postulado: as teias devem ser urdidas de fios retos e fios curvos; é o partido reto-curvilíneo; e finalmente, uma quarta divisão política, o partido anti-reto-curvilíneo, que fez tábua rasa de todos os princípios litigantes, e propõe o uso de umas teias urdidas de ar, obra transparente e leve, em que não há linhas de espécie alguma. Como a geometria apenas poderia dividi-los, sem chegar a apaixoná-los, adotaram uma simbólica. Para uns, a linha reta exprime os bons sentimentos, a justiça, a probidade, a inteireza, a constância etc., ao passo que os sentimentos ruins ou inferiores, como a bajulação, a fraude, a deslealdade, a perfídia, são perfeitamente curvos. Os adversários respondem que não, que a linha curva é a da virtude e do saber, porque é a expressão da modéstia e da humildade; ao contrário, a ignorância, a presunção, a toleima, a parlapatice, são retas, duramente retas. O terceiro partido, menos anguloso, menos exclusivista, desbastou a exageração de uns e outros, combinou os contrastes, e proclamou a simultaneidade das linhas como a exata cópia do mundo físico e moral. O quarto limita-se a negar tudo.

Nem Hazeroth nem Magog foram eleitos. As suas bolas saíram do saco, é verdade, mas foram inutilizadas, a do primeiro por faltar a primeira letra do nome, a do segundo por lhe faltar a última. O nome restante e triunfante era o de um argentário ambicioso, político obscuro, que subiu logo à poltrona ducal, com espanto geral da república. Mas os vencidos não se contentaram de dormir sobre os louros do vencedor; requereram uma devassa. A devassa mostrou que o oficial das inscrições intencionalmente viciara a ortografia de seus nomes. O oficial confessou o defeito e a intenção; mas explicou-os dizendo que se tratava de uma simples elipse; delito, se o era, puramente literário. Não sendo possível perseguir ninguém por defeitos de ortografia ou figuras de retórica, pareceu acertado rever a lei.

Nesse mesmo dia ficou decretado que o saco seria feito de um tecido de malhas, através das quais as bolas pudessem ser lidas pelo público, e, *ipso facto*, pelos mesmos candidatos, que assim teriam tempo de corrigir as inscrições.

Infelizmente, senhores, o comentário da lei é a eterna malícia. A mesma porta aberta à lealdade serviu à astúcia de um certo Nabiga, que se conchavou com o oficial das extrações, para haver um lugar na assembleia. A vaga era uma, os candidatos três; o oficial extraiu as bolas com os olhos no cúmplice, que só deixou de abanar negativamente a cabeça, quando a bola pegada foi a sua. Não era preciso mais para condenar a ideia das malhas. A assembleia, com exemplar paciência, restaurou o tecido espesso do regime anterior; mas, para evitar outras elipses, decretou a validação das bolas cuja inscrição estivesse incorreta, uma vez que cinco pessoas jurassem ser o nome inscrito o próprio nome do candidato.

Este novo estatuto deu lugar a um caso novo e imprevisto, como ides ver. Tratou-se de eleger um coletor de espórtulas, funcionário encarregado de cobrar as rendas públicas, sob a forma de espórtulas voluntárias. Eram candidatos, entre outros, um certo Caneca e um certo Nebraska. A bola extraída foi a de Nebraska. Estava errada, é certo, por lhe faltar a última letra; mas, cinco testemunhas juraram, nos termos da lei, que o eleito era o próprio e único Nebraska da república. Tudo parecia findo, quando o candidato Caneca requereu provar que a bola extraída não trazia o nome de Nebraska, mas o dele. O juiz de paz deferiu ao peticionário. Veio então um grande filólogo, talvez o primeiro da República, além de bom metafísico, e não vulgar matemático, o qual provou a coisa nestes termos:

Em primeiro lugar, disse ele, deveis notar que não é fortuita a ausência da última letra do nome Nebraska. Por que motivo foi ele inscrito incompletamente? Não se pode dizer que por fadiga ou amor da brevidade, pois só falta a última letra, um simples *a*. Carência de espaço? Também não; vede: há ainda espaço para duas ou três sílabas. Logo, a falta é intencional, e a intenção não pode ser outra, senão chamar a atenção do leitor para a letra *k*, última escrita, desamparada, solteira, sem sentido. Ora, por um efeito mental, que nenhuma lei destruiu, a letra reproduz-se no cérebro de dois modos, a forma gráfica e a forma sônica: *k* e *ca*. O defeito, pois, no nome escrito, chamando os olhos para a letra final, incrusta desde logo no cérebro, esta primeira sílaba: *Ca*. Isto posto, o movimento natural do espírito é ler o nome todo; volta-se ao princípio, à inicial *ne*, do nome *Nebrask*. – *Cané*. Resta a sílaba do meio, *bras*, cuja redução a esta outra sílaba *ca*, última do nome Caneca, é a coisa mais demonstrável do mundo. E, todavia, não a demonstrarei, visto faltar-vos o preparo necessário ao entendimento da significação espiritual ou filosófica da sílaba, suas origens e efeitos, fases, modificações, consequências lógicas e sintáxicas, dedutivas ou indutivas, simbólicas e outras. Mas, suposta a demonstração, aí fica a última prova, evidente, clara, da minha afirmação primeira pela anexação da sílaba *ca* às duas *Cane*, dando este nome Caneca.

A lei emendou-se, senhores, ficando abolida a faculdade da prova testemunhal e interpretativa dos textos, e introduzindo-se uma inovação, o corte simultâneo de meia polegada na altura e outra meia na largura do saco. Esta emenda não evitou um pequeno abuso na eleição dos alcaides, e o saco foi restituído às dimensões primitivas, dando-se-lhe, todavia, a forma triangular. Compreendeis que esta forma trazia consigo, uma consequência: ficavam muitas bolas no fundo. Daí a mudança para a forma cilíndrica; mais tarde deu-se-lhe o aspecto de uma ampulheta, cujo inconveniente se reconheceu ser igual ao triângulo, e então adotou-se a forma de um crescente etc. Muitos abusos, descuidos e lacunas tendem a desaparecer, e o restante terá igual destino, não inteiramente, decerto, pois a perfeição não é deste mundo, mas na medida e nos termos do conselho de um dos mais circunspectos cidadãos da minha república, Erasmus, cujo último discurso sinto não poder dar-vos integralmente. Encarregado de notificar a última resolução legislativa às dez damas incumbidas de urdir o saco eleitoral, Erasmus contou-lhes a fábula de Penélope, que fazia e desfazia a famosa teia, à espera do esposo Ulisses.

Vós sois a Penélope da nossa República, disse ele ao terminar; tendes a mesma castidade, paciência e talentos. Refazei o saco, amigas minhas, refazei o saco, até que Ulisses, cansado de dar às pernas, venha tomar entre nós o lugar que lhe cabe. Ulisses é a Sapiência.

PRIMAS DE SAPUCAIA!

Há umas ocasiões oportunas e fugitivas, em que o acaso nos inflige duas ou três primas de Sapucaia; outras vezes, ao contrário, as primas de Sapucaia são antes um benefício do que um infortúnio.

Era à porta de uma igreja. Eu esperava que as minhas primas Claudina e Rosa tomassem água benta, para conduzi-las à nossa casa, onde estavam hospedadas. Tinham vindo de Sapucaia, pelo Carnaval, e demoraram-se dois meses na Corte. Era eu que as acompanhava a toda parte, missas, teatros, rua do Ouvidor, porque minha mãe, com o seu reumático, mal podia mover-se dentro de casa, e elas não sabiam andar sós. Sapucaia era a nossa pátria comum. Embora todos os parentes estivessem dispersos, ali nasceu o tronco da família. Meu tio José Ribeiro, pai destas primas, foi o único, de cinco irmãos, que lá ficou lavrando a terra e figurando na política do lugar. Eu vim cedo para a Corte, donde segui a estudar e bacharelar-me em São Paulo. Voltei uma só vez a Sapucaia, para pleitear uma eleição, que perdi.

Rigorosamente, todas estas notícias são desnecessárias para a compreensão da minha aventura; mas é um modo de ir dizendo alguma coisa, antes de entrar em matéria, para a qual não acho porta grande nem pequena; o melhor é afrouxar a rédea à pena, e ela que vá andando, até achar entrada. Há de haver alguma; tudo depende das circunstâncias, regra que tanto serve para o estilo como para a vida; palavra puxa palavra, uma ideia traz outra, e assim se faz um livro, um governo, ou uma revolução; alguns dizem mesmo que assim é que a natureza compôs as suas espécies.

Portanto, água benta e porta de igreja. Era a igreja de São José. A missa acabara; Claudina e Rosa fizeram uma cruz na testa, com o dedo polegar, molhado na água benta e descalçado unicamente para esse gesto. Depois ajustaram os manteletes, enquanto eu, ao portal, ia vendo as damas que saíam. De repente, estremeço, inclino-me para fora, chego mesmo a dar dois passos na direção da rua.

– Que foi, primo?

– Nada, nada.

Era uma senhora, que passara rentezinha com a igreja, vagarosa, cabisbaixa, apoiando-se no chapelinho de sol; ia pela rua da Misericórdia acima. Para explicar a minha comoção, é preciso dizer que era a segunda vez que a via. A primeira foi no Prado Fluminense, dois meses antes, com um homem que, pelos modos, era seu marido, mas tanto podia ser marido como pai. Estava então um pouco de espavento, vestida de escarlate, com grandes enfeites vistosos, e umas argolas demasiado grossas nas orelhas; mas os olhos e a boca resgatavam o resto. Namoramos às bandeiras despregadas. Se disser que saí dali apaixonado, não meto a minha alma no inferno, porque é a verdade pura. Saí tonto, mas saí também desapontado, perdi-a de vista na multidão. Nunca mais pude dar com ela, nem ninguém me soube dizer quem fosse.

Calcule-se o meu enfado, vendo que a fortuna vinha trazê-la outra vez ao meu caminho, e que umas primas fortuitas não me deixavam lançar-lhe as mãos. Não será difícil calculá-lo, porque estas primas de Sapucaia tomam todas as formas, e o leitor, se não as teve de um modo, teve-as de outro. Umas vezes copiam o ar confidencial de um cavalheiro informado da última crise do ministério, de todas as causas aparentes ou secretas, dissensões novas ou antigas, interesses agravados, conspiração, crise. Outras vezes, enfronham-se na figura daquele eterno cidadão que afirma de um modo ponderoso e abotoado, que não há leis sem costumes, *nisi lege sine moribus*. Outras, afivelam a máscara de um Dangeau de esquina, que nos conta miudamente as fitas e rendas que esta, aquela, aqueloutra dama levara ao baile ou ao teatro. E durante esse tempo, a Ocasião passa, vagarosa, cabisbaixa, apoiando-se no chapelinho de sol:

passa, dobra a esquina, e adeus... O ministério esfacelava-se; malinas e bruxelas; *nisi lege sine moribus...*

Estive a pique de dizer às primas, que se fossem embora; morávamos na rua do Carmo, não era longe; mas abri mão da ideia. Já na rua pensei também em deixá-las na igreja, à minha espera, e ir ver se agarrava a Ocasião pela calva. Creio mesmo que cheguei a parar um momento, mas rejeitei igualmente esse alvitre e fui andando.

Fui andando com elas para o lado oposto ao da minha incógnita. Olhei para trás repetidas vezes, até perdê-la numa das curvas da rua, com os olhos no chão, como quem reflete, devaneia ou espera uma hora marcada. Não minto dizendo que esta última ideia trouxe-me a emoção do ciúme. Sou exclusivo e pessoal; daria um triste amante de mulheres casadas. Não importa que entre mim e aquela dama existisse apenas uma contemplação fugitiva de algumas horas; desde que a minha personalidade ia para ela, a partilha tornava-se-me insuportável. Sou também imaginoso; engenhei logo uma aventura e um aventureiro, dei-me ao prazer mórbido de afligir-me sem motivo nem necessidade. As primas iam adiante, e falavam-me de quando em quando; eu respondia mal, se respondia alguma coisa. Cordialmente, execrava-as.

Ao chegar à porta de casa, consultei o relógio, como se tivesse alguma coisa que fazer; depois disse às primas que subissem e fossem almoçando. Corri à rua da Misericórdia. Fui primeiro até a Escola de Medicina; depois voltei e vim até a Câmara dos Deputados, então mais devagar esperando vê-la ao chegar a cada curva da rua; mas nem sombra. Era insensato, não era? Todavia, ainda subi outra vez a rua, porque adverti que, a pé e devagar, mal teria tempo de ir em meio da praia de Santa Luzia, se acaso não parara antes; e aí fui, rua acima e praia fora, até ao convento da Ajuda. Não encontrei nada, coisa nenhuma. Nem por isso perdi as esperanças; arrepiei caminho e vim, a passo lento ou apressado, conforme se me afigurava que era possível apanhá-la adiante, ou dar tempo a que saísse de alguma parte. Desde que a minha imaginação reproduzia a dama, todo eu sentia um abalo, como se realmente tivesse de vê-la daí a alguns minutos. Compreendi a emoção dos doidos.

Entretanto, nada. Desci a rua sem achar o menor vestígio da minha incógnita.

Felizes os cães, que pelo faro dão com os amigos! Quem sabe se não estaria ali bem perto, no interior de alguma casa, talvez a própria casa dela? Lembrou-me indagar; mas de quem, e como? Um padeiro, encostado ao portal, espiava-me; algumas mulheres faziam a mesma coisa enfiando os olhos pelos postigos. Naturalmente desconfiavam do transeunte, do andar vagaroso ou apressado, do olhar inquisidor, do gesto inquieto. Deixei-me ir até a Câmara dos Deputados, e parei uns cinco minutos, sem saber que fizesse. Era perto de meio-dia.

Esperei mais dez minutos, depois mais cinco, parado, com a esperança de vê-la; afinal, desesperei e fui almoçar.

Não almocei em casa. Não queria ver os demônios das primas, que me impediram de seguir a dama incógnita. Fui a um hotel. Escolhi uma mesa no fim da sala, e sentei-me de costas para as outras; não queria ser visto nem conversado. Comecei a comer o que me deram. Pedi alguns jornais, mas confesso que não li nada seguidamente, e apenas entendi três quartas partes do que ia lendo. No meio de uma notícia ou de um artigo, escorregava-me o espírito e caía na rua da Misericórdia, à porta da igreja, vendo passar a incógnita, vagarosa, cabisbaixa, apoiando-se no chapelinho de sol.

A última vez que me aconteceu essa separação da outra e da besta, estava já no café, e tinha diante de mim um discurso parlamentar. Achei-me ainda uma vez à porta da igreja; imaginei então que as primas não estavam comigo, e que eu seguia atrás da bela dama.

Assim é que se consolam os preteridos da loteria; assim é que se fartam as ambições malogradas.

Não me peçam minúcias nem preliminares do encontro. Os sonhos desdenham as linhas finas e o acabado das paisagens; contentam-se de quatro ou cinco brochadas grossas, mas representativas. Minha imaginação galgou as dificuldades da primeira fala, e foi direita à rua do Lavradio ou dos Inválidos, à própria casa de Adriana. Chama-se Adriana. Não viera à rua da Misericórdia por motivo de amores, mas a ver alguém, uma parente ou uma comadre, ou uma costureira. Conheceu-me, e teve igual comoção. Escrevi-lhe; respondeu-me. Nossas pessoas foram uma para a outra por cima de uma multidão de regras morais e de perigos. Adriana é casada; o marido conta 52 anos, ela 30 imperfeitos. Não amou nunca, não amou mesmo o marido, com quem se casou por obedecer à família. Eu ensinei-lhe ao mesmo tempo o amor e a traição; é o que ela me diz nesta casinha que aluguei fora da cidade, de propósito para nós.

Ouço-a embriagado. Não me enganei; é a mulher ardente e amorosa, qual me diziam os seus olhos, olhos de touro, como os de Juno, grandes e redondos. Vive de mim e para mim. Escrevemo-nos todos os dias; e, apesar disso, quando nos encontramos na casinha, é como se mediara um século. Creio até que o coração dela ensinou-me alguma coisa, embora noviço, ou por isso mesmo. Nesta matéria desaprende-se com o uso e o ignorante é que é douto. Adriana não dissimula a alegria nem as lágrimas; escreve o que pensa, conta o que o sente; mostra-me que não somos dois, mas um, tão-somente um ente universal, para quem Deus criou o sol e as flores, o papel e a tinta, o correio e as carruagens fechadas.

Enquanto ideava isto, creio que acabei de beber o café; lembra-me que o criado veio à mesa e retirou a xícara e o açucareiro. Não sei se lhe pedi fogo, provavelmente viu-me com o charuto na mão e trouxe-me fósforos.

Não juro, mas penso que acendi o charuto, porque daí a um instante, através de um véu de fumaça, vi a cabeça meiga e enérgica da minha bela Adriana, encostada a um sofá. Eu estou de joelhos, ouvindo-lhe a narração da última rusga do marido. Que ele já desconfia; ela sai muitas vezes, distrai-se, absorve-se, aparece-lhe triste ou alegre, sem motivo, e o marido começa a ameaçá-la. Ameaçá-la de quê? Digo-lhe que, antes de qualquer excesso, era melhor deixá-lo, para viver comigo, publicamente, um para o outro. Adriana escuta-me pensativa, cheia de Eva, namorada do demônio, que lhe sussurra de fora o que o coração lhe diz de dentro. Os dedos afagam-me os cabelos.

– Pois sim! pois sim!

Veio no dia seguinte, consigo mesma, sem marido, sem sociedade, sem escrúpulos, tão-somente consigo, e fomos dali viver juntos. Nem ostentação, nem resguardo.

Supusemo-nos estrangeiros, e realmente não éramos outra coisa; falávamos uma língua, que nunca ninguém antes falara nem ouvira. Os outros amores eram, desde séculos, verdadeiras contrafações; nós dávamos a edição autêntica. Pela primeira vez, imprimia-se o manuscrito divino, um grosso volume que nós dividíamos em tantos capítulos e parágrafos quantas eram as horas do dia ou os dias da semana. O estilo era tecido de sol e música; a linguagem compunha-se da fina flor dos outros vocabulários. Tudo o que neles existia, meigo ou vibrante, foi extraído pelo autor para formar esse livro único – livro sem índice, porque era infinito – sem margens, para que o fastio não viesse escrever nelas as suas notas –, sem fita, porque já não tínhamos precisão de interromper a leitura e marcar a página.

Uma voz chamou-me à realidade. Era um amigo que acordara tarde, e vinha almoçar. Nem o sonho me deixava esta outra prima de Sapucaia! Cinco minutos depois despedi-me e saí; eram duas horas passadas.

Vexa-me dizer que ainda fui à rua da Misericórdia, mas é preciso narrar tudo: fui e não achei nada. Voltei nos dias seguintes sem outro lucro, além do tempo perdido.

Resignei-me a abrir mão da aventura, ou esperar a solução do acaso. As primas achavam-me aborrecido ou doente; não lhes disse que não. Daí a oito dias foram-se embora, sem me deixar saudades; despedi-me delas como de uma febre maligna.

A imagem da minha incógnita não me deixou durante muitas semanas. Na rua, enganei-me várias vezes. Descobria ao longe uma figura, que era tal qual a outra; picava os calcanhares até apanhá-la e desenganar-me. Comecei a achar-me ridículo; mas lá vinha uma hora ou um minuto, uma sombra ao longe, e a preocupação revivia. Afinal vieram outros cuidados, e não pensei mais nisso.

No princípio do ano seguinte, fui a Petrópolis; fiz a viagem com um antigo companheiro de estudos, Oliveira, que foi promotor em Minas

Gerais, mas abandonara ultimamente a carreira por ter recebido uma herança. Estava alegre como nos tempos da academia; mas de quando em quando calava-se, olhando para fora da barca ou da caleça, com a atonia de quem regala a alma de uma recordação, de uma esperança ou de um desejo. No alto da serra perguntei-lhe para que hotel ia; respondeu que ia para uma casa particular, mas não me disse aonde, e até desconversou. Cuidei que me visitaria no dia seguinte; mas nem me visitou, nem o vi em parte alguma. Outro colega nosso ouvira dizer que ele tinha uma casa para os lados da Renânia.

Nenhuma destas circunstâncias voltaria à memória, se não fosse a notícia que me deram dias depois. Oliveira tirara uma mulher ao marido, e fora refugiar-se com ela em Petrópolis. Deram-me o nome do marido e o dela. O dela era Adriana. Confesso que, embora o nome da outra fosse pura invenção minha, estremeci ao ouvi-lo; não seria a mesma mulher? Vi logo depois que era pedir muito ao acaso. Já faz bastante esse pobre oficial das coisas humanas, concertando alguns fios dispersos; exigir que os reate a todos, e com os mesmos títulos, é saltar da realidade na novela. Assim falou o meu bom senso, e nunca disse tão gravemente uma tolice, pois as duas mulheres eram nada menos que a mesmíssima.

Vi-a três semanas depois, indo visitar o Oliveira, que viera doente da Corte.

Subimos juntos na véspera; no meio da serra, começou ele a sentir-se incomodado; no alto estava febril. Acompanhei-o no carro até a casa, e não entrei, porque ele dispensou-me o incômodo. Mas no dia seguinte fui vê-lo, um pouco por amizade, outro pouco por avidez de conhecer a incógnita. Vi-a; era ela, era a minha, era a única Adriana.

Oliveira sarou depressa, e, apesar do meu zelo em visitá-lo, não me ofereceu a casa; limitou-se a vir ver-me no hotel. Respeitei-lhe os motivos; mas eles mesmos é que faziam reviver a antiga preocupação. Considerei que, além das razões de decoro, havia da parte dele um sentimento de ciúme, filho de um sentimento de amor, e que um e outro podiam ser a prova de um complexo de qualidades finas e grandes naquela mulher. Isto bastava a transtornar-me; mas a ideia de que a paixão dela não seria menor que a dele, o quadro desse casal que fazia uma só alma e pessoa, excitou em mim todos os nervos da inveja. Baldei esforços para ver se metia o pé na casa; cheguei a falar-lhe do boato que corria; ele sorria e tratava de outra coisa.

Acabou a estação de Petrópolis, e ele ficou. Creio que desceu em julho ou agosto.

No fim do ano, encontramo-nos casualmente; achei-o um pouco taciturno e preocupado. Vi-o ainda outras vezes, e não me pareceu diferente, a não ser que, além de taciturno, trazia na fisionomia uma longa prega de desgosto. Imaginei que eram efeitos da aventura, e, como não estou aqui para empulhar ninguém, acrescento que tive uma sensação de prazer. Durou pouco; era o demônio que trago em mim, e costuma fazer desses esgares de saltimbanco.

Mas castiguei-o depressa, e pus no lugar dele o anjo, que também uso, e que se compadeceu do pobre rapaz, qualquer que fosse o motivo da tristeza.

Um vizinho dele, amigo nosso, contou-me alguma coisa, que me confirmou a suspeita de desgostos domésticos; mas foi ele mesmo quem me disse tudo, um dia, perguntando-lhe eu, estouvadamente, o que é que tinha que o mudara tanto.

– Que hei de ter? Imagina tu que comprei um bilhete de loteria, e nem tive, ao menos, o gosto de não tirar nada; tirei um escorpião.

E, como eu franzisse a testa interrogativamente:

– Ah! se soubesses metade só das coisas que me têm acontecido! Tens tempo?

Vamos aqui ao Passeio Público.

Entramos no jardim, e metemo-nos por uma das alamedas. Contou-me tudo. Gastou duas horas em desfiar um rosário infinito de misérias. Vi através da narração duas índoles incompatíveis, unidas pelo amor ou pelo pecado, fartas uma da outra, mas condenadas à convivência e ao ódio. Ele nem podia deixá-la nem suportá-la. Nenhuma estima, nenhum respeito, alegria rara e impura; uma vida gorada.

– Gorada – repetia ele, gesticulando afirmativamente com a cabeça. – Não tem que ver; a minha vida gorou. Hás de lembrar-te dos nossos planos da academia, quando nos propúnhamos, tu a ministro do Império, eu da Justiça. Podes guardar as duas pastas; não serei nada, nada. O ovo, que devia dar uma águia, não chega a dar um frango. Gorou completamente. Há ano e meio que ando nisso, e não acho saída nenhuma; perdi a energia...

Seis meses depois, encontrei-o aflito e desvairado. Adriana deixara-o para ir estudar geometria com um estudante da antiga Escola Central. Tanto melhor, disse-lhe eu. Oliveira olhou para o chão envergonhado; despediu-se, e correu em procura dela. Achou-a daí a algumas semanas, disseram as últimas um ao outro, e no fim reconciliaram-se. Comecei então a visitá-los, com a ideia de os separar um do outro. Ela estava ainda bonita e fascinante; as maneiras eram finas e meigas, mas evidentemente de empréstimo, acompanhadas de umas atitudes e gestos, cujo intuito latente era atrair-me e arrastar-me.

Tive medo e retraí-me. Não se mortificou; deitou fora a capa de renda, restituiu-se ao natural. Vi então que era ferrenha, manhosa, injusta, muita vez grosseira; em alguns lances notei-lhe uma nota de perversidade. Oliveira, nos primeiros tempos, para fazer-me crer que mentira ou exagerara, suportava tudo rindo; era a vergonha da própria fraqueza. Mas não pôde guardar a máscara; ela arrancou-lha um dia, sem piedade, denunciando as humilhações em que ele caía, quando eu não estava presente. Tive nojo da mulher e pena do pobre diabo. Convidei-o abertamente a deixá-la, ele hesitou, mas prometeu que sim.

– Realmente, não posso mais...

Combinamos tudo; mas no momento da separação, não pôde. Ela embebeu-lhe novamente os seus grandes olhos de touro e de basilisco, e desta vez – ó minhas queridas primas de Sapucaia! –, desta vez para só deixá-lo exausto e morto.

CAPÍTULO DOS CHAPÉUS

Géronte
Dans quel chapitre, s'il vous plaît?
Sganarelle Dans le chapitre des chapeaux.

Moliére.

Musa, canta o despeito de Mariana, esposa do bacharel Conrado Seabra, naquela manhã de abril de 1879. Qual a causa de tamanho alvoroço? Um simples chapéu, leve, não deselegante, um chapéu baixo. Conrado, advogado, com escritório na rua da Quitanda, trazia-o todos os dias à cidade, ia com ele às audiências; só não o levava às recepções, teatro lírico, enterros e visitas de cerimônia. No mais era constante, e isto desde cinco ou seis anos, que tantos eram os do casamento. Ora, naquela singular manhã de abril, acabado o almoço, Conrado começou a enrolar um cigarro, e Mariana anunciou sorrindo que ia pedir-lhe uma coisa.

– Que é, meu anjo?

– Você é capaz de fazer-me um sacrifício?

– Dez, vinte...

– Pois, então, não vá mais à cidade com aquele chapéu.

– Por quê? é feio?

– Não digo que seja feio; mas é cá para fora, para andar na vizinhança, à tarde ou à noite, mas na cidade, um advogado, não me parece que...

— Que tolice, Iaiá!

— Pois sim, mas faz-me este favor, faz?

Conrado riscou um fósforo, acendeu o cigarro, e fez-lhe um gesto de gracejo, para desconversar; mas a mulher teimou. A teima, a princípio frouxa e súplice, tornou-se logo imperiosa e áspera. Conrado ficou espantado. Conhecia a mulher; era, de ordinário, uma criatura passiva, meiga, de uma plasticidade de encomenda, capaz de usar com a mesma divina indiferença tanto um diadema régio como uma touca. A prova é que, tendo tido uma vida de andarilha nos últimos dois anos de solteira, tão depressa casou como se afez aos hábitos quietos. Saía às vezes, e a maior parte delas por instâncias do próprio consorte; mas só estava comodamente em casa. Móveis, cortinas, ornatos supriam-lhe os filhos; tinha-lhes um amor de mãe; e tal era a concordância da pessoa com o meio, que ela saboreava os trastes na posição ocupada, as cortinas com as dobras do costume, e assim o resto. Uma das três janelas, por exemplo, que davam para a rua vivia sempre meio aberta; nunca era outra. Nem o gabinete do marido escapava às exigências monótonas da mulher, que mantinha sem alteração a desordem dos livros, e até chegava a restaurá-la. Os hábitos mentais seguiam a mesma uniformidade. Mariana dispunha de mui poucas noções, e nunca lera senão os mesmos livros: – a *Moreninha*, de Macedo, sete vezes; *Ivanhoé* e o *Pirata*, de Walter Scott, dez vezes; o *Mot de l'énigme*, de Madame Craven, onze vezes.

Isto posto, como explicar o caso do chapéu? Na véspera, à noite, enquanto o marido fora a uma sessão do Instituto da Ordem dos Advogados, o pai de Mariana veio à casa deles. Era um bom velho, magro, pausado, ex-funcionário público, ralado de saudades do tempo em que os empregados iam de casaca para as suas repartições. Casaca era o que ele, ainda agora, levava aos enterros, não pela razão que o leitor suspeita, a solenidade da morte ou a gravidade da despedida última, mas por esta menos filosófica, por ser um costume antigo. Não dava outra, nem da casaca nos enterros, nem do jantar às 2 horas, nem de vinte usos mais. E tão aferrado aos hábitos, que no aniversário do casamento da filha, ia para lá às 6 horas da tarde, jantado e digerido, via comer, e no fim aceitava um pouco de doce, um cálice de vinho e café. Tal era o sogro de Conrado; como supor que ele aprovasse o chapéu baixo do genro? Suportava-o calado, em atenção às qualidades da pessoa; nada mais. Acontecera-lhe, porém, naquele dia, vê-lo de relance na rua, de palestra com outros chapéus altos de homens públicos, e nunca lhe pareceu tão torpe. De noite, encontrando a filha sozinha, abriu-lhe o coração; pintou-lhe o chapéu baixo como a abominação das abominações, e instou com ela para que o fizesse desterrar.

Conrado ignorava essa circunstância, origem do pedido. Conhecendo a docilidade da mulher, não entendeu a resistência; e, porque era autoritário, e voluntarioso, a teima veio irritá-lo profundamente. Conteve-se ainda assim; preferiu mofar do caso; falou-lhe com tal ironia e desdém, que a pobre dama sentiu-se humilhada. Mariana quis levantar-se duas vezes; ele obrigou-a a ficar, a primeira pegando-lhe levemente no pulso, a segunda subjugando-a com o olhar. E dizia, sorrindo:

– Olhe, Iaiá, tenho uma razão filosófica para não fazer o que você me pede. Nunca lhe disse isto; mas já agora confio-lhe tudo.

Mariana mordia o lábio, sem dizer mais nada; pegou de uma faca, e entrou a bater com ela devagarinho para fazer alguma coisa; mas, nem isso mesmo consentiu o marido, que lhe tirou a faca delicadamente, e continuou:

– A escolha do chapéu não é uma ação indiferente, como você pode supor; é regida por um princípio metafísico. Não cuide que quem compra um chapéu exerce uma ação voluntária e livre; a verdade é que obedece a um determinismo obscuro. A ilusão da liberdade existe arraigada nos compradores, e é mantida pelos chapeleiros, que, ao verem um freguês ensaiar trinta ou quarenta chapéus, e sair sem comprar nenhum, imaginam que ele está procurando livremente uma combinação elegante. O princípio metafísico é este: – o chapéu é a integração do homem, um prolongamento da cabeça, um complemento decretado *ab æterno*; ninguém o pode trocar sem mutilação. E uma questão profunda que ainda não ocorreu a ninguém. Os sábios têm estudado tudo desde o astro até o verme, ou, para exemplificar bibliograficamente, desde Laplace... Você nunca leu Laplace? desde Laplace e a *Mecânica celeste* até Darwin e o seu curioso livro das *Minhocas*, e, entretanto, não se lembraram ainda de parar diante do chapéu e estudá-lo por todos os lados. Ninguém advertiu que há uma metafísica do chapéu. Talvez eu escreva uma memória a este respeito. São nove horas e três quartos; não tenho tempo de dizer mais nada; mas você reflita consigo, e verá... Quem sabe? pode ser até que nem mesmo o chapéu seja complemento do homem, mas o homem do chapéu...

Mariana venceu-se afinal, e deixou a mesa. Não entendera nada daquela nomenclatura áspera nem da singular teoria; mas sentiu que era um sarcasmo, e, dentro de si, chorava de vergonha. O marido subiu para vestir-se; desceu daí a alguns minutos, e parou diante dela com o famoso chapéu na cabeça. Mariana achou-lho, na verdade, torpe, ordinário, vulgar, nada sério. Conrado despediu-se cerimoniosamente e saiu.

A irritação da dama tinha afrouxado muito; mas, o sentimento de humilhação subsistia. Mariana não chorou, não clamou, como supunha que ia fazer; mas, consigo mesma, recordou a simplicidade do pedido, os sarcasmos de Conrado, e, posto reconhecesse que fora um pouco exigente, não achava justificação para tais excessos. Ia de um lado para outro, sem poder parar; foi à sala de visitas, chegou à janela meio aberta, viu ainda o marido, na rua, à espera do *bond*, de costas para casa, com o eterno e torpíssimo chapéu na cabeça. Mariana sentiu-se tomada de ódio contra essa peça ridícula; não compreendia como pudera suportá-la por tantos anos. E relembrava os anos, pensava na docilidade dos seus modos, na aquiescência a todas as vontades e caprichos do marido, e perguntava a si mesma se não seria essa justamente a causa do excesso daquela manhã.

Chamava-se tola, moleirona; se tivesse feito como tantas outras, a Clara e a Sofia, por exemplo, que tratavam os maridos como eles deviam ser tratados, não lhe aconteceria nem metade nem uma sombra do que lhe aconteceu. De reflexão em reflexão, chegou à ideia de sair. Vestiu-se, e foi à casa da Sofia, uma antiga companheira de colégio, com o fim de espairecer, não de lhe contar nada.

Sofia tinha 30 anos, mais dois que Mariana. Era alta, forte, muito senhora de si.

Recebeu a amiga com as festas do costume; e, posto que esta lhe não dissesse nada, adivinhou que trazia um desgosto e grande. Adeus, planos de Mariana! Daí a vinte minutos contava-lhe tudo. Sofia riu dela, sacudiu os ombros; disse-lhe que a culpa não era do marido.

— Bem sei, é minha, concordava Mariana.

— Não seja tola, Iaiá! Você tem sido muito mole com ele. Mas seja forte uma vez; não faça caso; não lhe fale tão cedo; e se ele vier fazer as pazes, diga-lhe que mude primeiro de chapéu.

— Veja você, uma coisa de nada...

— No fim de contas, ele tem muita razão; tanta como outros. Olhe a pamonha da Beatriz; não foi agora para a roça, só porque o marido implicou com um inglês que costumava passar a cavalo de tarde? Coitado do inglês! Naturalmente nem deu pela falta. A gente pode viver bem com seu marido, respeitando-se, não indo contra os desejos um do outro, sem pirraças, nem despotismo. Olhe; eu cá vivo muito bem com o meu Ricardo; temos muita harmonia. Não lhe peço uma coisa que ele me não faça logo; mesmo quando não tem vontade nenhuma, basta que eu feche a cara, obedece logo. Não era ele que teimaria assim por causa de um chapéu! Tinha que ver! Pois não! Onde iria ele parar!

Mudava de chapéu, quer quisesse, quer não.

Mariana ouvia com inveja essa bela definição do sossego conjugal. A rebelião de Eva embocava nela os seus clarins; e o contato da amiga dava-lhe um prurido de independência e vontade. Para completar a situação, esta Sofia não era só muito senhora de si, mas também dos outros; tinha olhos para todos os ingleses, a cavalo ou a pé. Honesta, mas namoradeira; o termo é cru, e não há tempo de compor outro mais brando. Namorava a torto e a direito, por uma necessidade natural, um costume de solteira. Era o troco miúdo do amor, que ela distribuía a todos os pobres que lhe batiam à porta: — um níquel a um, outro a outro; nunca uma nota de cinco mil-réis, menos ainda uma apólice. Ora este sentimento caritativo induziu-a a propor à amiga que fossem passear, ver as lojas, contemplar a vista de outros chapéus bonitos e graves. Mariana aceitou; um certo demônio soprava nela as fúrias da vingança. Demais, a amiga tinha o dom de fascinar, virtude de Bonaparte, e não lhe deu tempo de refletir. Pois sim, iria, estava cansada de viver cativa. Também queria gozar um pouco etc. etc.

Enquanto Sofia foi vestir-se, Mariana deixou-se estar na sala, irrequieta e contente consigo mesma. Planeou a vida de toda aquela semana, marcando os dias e horas de cada coisa, como numa viagem oficial. Levantava-se, sentava-se, ia à janela, à espera da amiga.

– Sofia parece que morreu, dizia de quando em quando.

De uma das vezes que foi à janela, viu passar um rapaz a cavalo. Não era inglês, mas lembrou-lhe a outra, que o marido levou para a roça, desconfiado de um inglês, e sentiu crescer-lhe o ódio contra a raça masculina – com exceção, talvez, dos rapazes a cavalo. Na verdade, aquele era afetado demais; esticava a perna no estribo com evidente vaidade das botas, dobrava a mão na cintura, com um ar de figurino. Mariana notou-lhe esses dois defeitos; mas achou que o chapéu resgatava-os; não que fosse um chapéu alto; era baixo, mas próprio do aparelho equestre. Não cobria a cabeça de um advogado indo gravemente para o escritório, mas a de um homem que espairecia ou matava o tempo.

Os tacões de Sofia desceram a escada, compassadamente. Pronta! – disse ela daí a pouco, ao entrar na sala. Realmente, estava bonita. Já sabemos que era alta. O chapéu aumentava-lhe o ar senhoril; e um diabo de vestido de seda preta, arredondando-lhe as formas do busto, fazia-a ainda mais vistosa. Ao pé dela, a figura de Mariana desaparecia um pouco. Era preciso atentar primeiro nesta para ver que possuía feições mui graciosas, uns olhos lindos, muita e natural elegância. O pior é que a outra dominava desde logo; e onde houvesse pouco tempo de as ver, tomava-o Sofia para si. Este reparo seria incompleto, se eu não acrescentasse que Sofia tinha consciência da superioridade, e que apreciava por isso mesmo as belezas do gênero Mariana, menos derramadas e aparentes. Se é um defeito, não me compete emendá-lo.

– Onde vamos nós? – perguntou Mariana.

– Que tolice! vamos passear à cidade... Agora me lembro, vou tirar o retrato; depois vou ao dentista. Não; primeiro vamos ao dentista. Você não precisa ir ao dentista?

– Não.

– Nem tirar o retrato?

– Já tenho muitos. E para quê? para dá-lo "àquele senhor"?

Sofia compreendeu que o ressentimento da amiga persistia, e, durante o caminho, tratou de lhe pôr um ou dois bagos mais de pimenta. Disse-lhe que, embora fosse difícil, ainda era tempo de libertar-se. E ensinava-lhe um método para subtrair-se à tirania. Não convinha ir logo de um salto, mas devagar, com segurança, de maneira que ele desse por si quando ela lhe pusesse o pé no pescoço. Obra de algumas semanas, três a quatro, não mais. Ela, Sofia, estava pronta a ajudá-la. E repetia-lhe que não fosse mole, que não era escrava de ninguém etc. Mariana ia cantando dentro do coração a *marselhesa* do matrimônio.

Chegaram à rua do Ouvidor. Era pouco mais do meio-dia. Muita gente, andando ou parada, o movimento do costume. Mariana sentiu-se um pouco atordoada, como sempre lhe acontecia. A uniformidade e a placidez, que eram o fundo do seu caráter e de sua vida, receberam daquela agitação os repelões do costume. Ela mal podia andar por entre os

grupos, menos ainda sabia onde fixasse os olhos, tal era a confusão das gentes, tal era a variedade das lojas. Conchegava-se muito à amiga, e, sem reparar que tinham passado a casa do dentista, ia ansiosa de lá entrar. Era um repouso; era alguma coisa melhor do que o tumulto.

– Esta rua do Ouvidor! – ia dizendo.

– Sim? – respondia Sofia, voltando a cabeça para ela e os olhos para um rapaz que estava na outra calçada.

Sofia, prática daqueles mares, transpunha, rasgava ou contornava as gentes com muita perícia e tranquilidade. A figura impunha; os que a conheciam gostavam de vê-la outra vez; os que não a conheciam paravam ou voltavam-se para admirar-lhe o garbo. E a boa senhora, cheia de caridade, derramava os olhos à direita e à esquerda, sem grande escândalo, porque Mariana servia a coonestar os movimentos. Nada dizia seguidamente; parece até que mal ouvia as respostas da outra; mas falava de tudo, de outras damas que iam ou vinham, de uma loja, de um chapéu... Justamente os chapéus – de senhora ou de homem –, abundavam naquela primeira hora da rua do Ouvidor.

– Olha este – dizia-lhe Sofia.

E Mariana acudia a vê-los, femininos ou masculinos, sem saber onde ficar, porque os demônios dos chapéus sucediam-se como num caleidoscópio. "Onde era o dentista?" –perguntava ela à amiga. Sofia só à segunda vez lhe respondeu que tinham passado a casa; mas já agora iriam até ao fim da rua; voltariam depois. Voltaram finalmente.

– Uf! – respirou Mariana entrando no corredor.

– Que é, meu Deus? Ora você! Parece da roça...

A sala do dentista tinha já algumas freguesas. Mariana não achou entre elas uma só cara conhecida, e para fugir ao exame das pessoas estranhas, foi para a janela. Da janela podia gozar a rua, sem atropelo. Recostou-se; Sofia veio ter com ela. Alguns chapéus masculinos, parados, começaram a fitá-las; outros, passando, faziam a mesma coisa.

Mariana aborreceu-se da insistência; mas, notando que fitavam principalmente a amiga, dissolveu-se-lhe o tédio numa espécie de inveja. Sofia, entretanto, contava-lhe a história de alguns chapéus – ou, mais corretamente, as aventuras. Um deles merecia os pensamentos de Fulana; outro andava derretido por Sicrana, e ela por ele, tanto que eram certos na rua do Ouvidor às quartas e sábados, entre duas e três horas. Mariana ouvia aturdida. Na verdade, o chapéu era bonito, trazia uma linda gravata, e possuía um ar entre elegante e pelintra, mas...

– Não juro, ouviu? – replicava a outra –, mas é o que se diz.

Mariana fitou pensativa o chapéu denunciado. Havia agora mais três, de igual porte e graça, e provavelmente os quatro falavam delas, e falavam bem. Mariana enrubesceu muito, voltou a cabeça para o outro lado, tornou logo à primeira atitude, e afinal entrou.

Entrando, viu na sala duas senhoras recém-chegadas, e com elas um rapaz que se levantou prontamente e veio cumprimentá-la com muita cerimônia. Era o seu primeiro namorado.

Este primeiro namorado devia ter agora 33 anos. Andara por fora, na roça, na Europa, e afinal na presidência de uma província do Sul. Era mediano de estatura, pálido, barba inteira e rara, e muito apertado na roupa. Tinha na mão um chapéu novo, alto, preto, grave, presidencial, administrativo, um chapéu adequado à pessoa e às ambições. Mariana, entretanto, mal pôde vê-lo. Tão confusa ficou, tão desorientada com a presença de um homem que conhecera em especiais circunstâncias, e a quem não vira desde 1877, que não pôde reparar em nada. Estendeu-lhe os dedos, parece mesmo que murmurou uma resposta qualquer, e ia tornar à janela, quando a amiga saiu dali.

Sofia conhecia também o recém-chegado. Trocaram algumas palavras. Mariana, impaciente, perguntou-lhe ao ouvido se não era melhor adiar os dentes para outro dia; mas a amiga disse-lhe que não; negócio de meia hora a três quartos. Mariana sentia-se opressa: a presença de um tal homem atava-lhe os sentidos, lançava-a na luta e na confusão. Tudo culpa do marido. Se ele não teimasse e não caçoasse com ela, ainda em cima, não aconteceria nada. E Mariana, pensando assim, jurava tirar uma desforra. De memória contemplava a casa, tão sossegada, tão bonitinha, onde podia estar agora, como de costume, sem os safanões da rua, sem a dependência da amiga...

– Mariana – disse-lhe esta –, o dr. Viçoso teima que está muito magro. Você não acha que está mais gordo do que no ano passado?... Não se lembra dele no ano passado?

Dr. Viçoso era o próprio namorado antigo, que palestrava com Sofia, olhando muitas vezes para Mariana. Esta respondeu negativamente. Ele aproveitou a fresta, para puxá-la à conversação; disse que, na verdade, não a vira desde alguns anos. E sublinhava o dito com um certo olhar triste e profundo. Depois abriu o estojo dos assuntos, sacou para fora o teatro lírico. Que tal achavam a companhia? Na opinião dele era excelente, menos o barítono; o barítono parecia-lhe cansado. Sofia protestou contra o cansaço do barítono, mas ele insistiu, acrescentando que, em Londres, onde o ouvira pela primeira vez, já lhe parecera a mesma coisa. As damas, sim, senhora; tanto o soprano como o contralto eram de primeira ordem. E falou das óperas, citava os trechos, elogiou a orquestra, principalmente nos *Huguenotes*... Tinha visto Mariana na última noite, no quarto ou quinto camarote da esquerda, não era verdade?

– Fomos – murmurou ela, acentuando bem o plural.

– No Cassino é que a não tenho visto – continuou ele.

– Está ficando um bicho-do-mato – acudiu Sofia rindo.

Viçoso gostara muito do último baile, e desfiou as suas recordações; Sofia fez o mesmo às dela. As melhores *toilettes* foram descritas por ambos com muita particularidade; depois vieram as pessoas, os caracteres, dois ou três picos de malícia; mas tão anódina, que não fez mal a ninguém. Mariana ouvia-os sem interesse; duas ou três vezes chegou a levantar-se e ir à janela; mas os chapéus eram tantos e tão curiosos, que ela voltava a

sentar-se. Interiormente, disse alguns nomes feios à amiga; não os ponho aqui por não serem necessários, e, aliás, seria de mau gosto desvendar o que esta moça pôde pensar da outra durante alguns minutos de irritação.

– E as corridas do Jockey Club? – perguntou o ex-presidente.

Mariana continuava a abanar a cabeça. Não tinha ido às corridas naquele ano. Pois perdera muito, a penúltima, principalmente; esteve animadíssima, e os cavalos eram de primeira ordem. As de Epsom, que ele vira, quando esteve na Inglaterra, não eram melhores do que a penúltima do Prado Fluminense. E Sofia dizia que sim, que realmente a penúltima corrida honrava o Jockey Club. Confessou que gostava muito; dava emoções fortes. A conversação descambou em dois concertos daquela semana; depois tomou a barca, subiu a serra e foi a Petrópolis, onde dois diplomatas lhe fizeram as despesas da estadia.

Como falassem da esposa de um ministro, Sofia lembrou-se de ser agradável ao ex-presidente, declarando-lhe que era preciso casar também porque em breve estaria no Ministério. Viçoso teve um estremeção de prazer, e sorriu, e protestou que não; depois, com os olhos em Mariana, disse que provavelmente não casaria nunca... Mariana enrubesceu muito e levantou-se.

– Você está com muita pressa – disse-lhe Sofia. – Quantas são? – continuou, voltando-se para Viçoso.

– Perto de três! – exclamou ele.

Era tarde; tinha de ir à Câmara dos Deputados. Foi falar às duas senhoras, que acompanhara, e que eram primas suas, e despediu-se; vinha despedir-se das outras, mas Sofia declarou que sairia também. Já agora não esperava mais. A verdade é que a ideia de ir à Câmara dos Deputados começara a faiscar-lhe na cabeça.

– Vamos à Câmara? – propôs ela à outra.

– Não, não – disse Mariana; – não posso, estou muito cansada.

– Vamos, um bocadinho só; eu também estou muito cansada...

Mariana teimou ainda um pouco; mas teimar contra Sofia – a pomba discutindo com o gavião – era realmente insensatez. Não teve remédio, foi. A rua estava agora mais agitada, as gentes iam e vinham por ambas as calçadas, e complicavam-se no cruzamento das ruas. De mais a mais, o obsequioso ex-presidente flanqueava as duas damas, tendo-se oferecido para arranjar-lhes uma tribuna.

A alma de Mariana sentia-se cada vez mais dilacerada de toda essa confusão de coisas. Perdera o interesse da primeira hora; e o despeito, que lhe dera forças para um voo audaz e fugidio, começava a afrouxar as asas, ou afrouxara-as inteiramente. E outra vez recordava a casa, tão quieta, com todas as coisas nos seus lugares, metódicas, respeitosas umas com as outras, fazendo-se tudo sem atropelo, e, principalmente, sem mudança imprevista. E a alma batia o pé, raivosa... Não ouvia nada do que o Viçoso ia dizendo,

conquanto ele falasse alto, e muitas coisas fossem ditas para ela. Não ouvia, não queria ouvir nada. Só pedia a Deus que as horas andassem depressa. Chegaram à Câmara e foram para uma tribuna. O rumor das saias chamou a atenção de uns vinte deputados, que restavam, escutando um discurso de orçamento. Tão depressa o Viçoso pediu licença e saiu, Mariana disse rapidamente à amiga que não lhe fizesse outra.

– Que outra? – perguntou Sofia.

– Não me pregue outra peça como esta, de andar de um lugar para outro feito maluca. Que tenho eu com a Câmara? Que me importam discursos que não entendo?

Sofia sorriu, agitou o leque e recebeu em cheio o olhar de um dos secretários.

Muitos eram os olhos que a fitavam quando ela ia à Câmara, mas os do tal secretário tinham uma expressão mais especial, cálida e súplice. Entende-se, pois, que ela não o recebeu de supetão; pode mesmo entender-se que o procurou curiosa. Enquanto acolhia esse olhar legislativo ia respondendo à amiga, com brandura, que a culpa era dela, e que a sua intenção era boa, era restituir-lhe a posse de si mesma.

— Mas, se você acha que a aborreço, não venha mais comigo — concluiu Sofia. E, inclinando-se um pouco:

— Olhe o ministro da justiça.

Mariana não teve remédio senão ver o ministro da Justiça. Este aguentava o discurso do orador, um governista, que provava a conveniência dos tribunais correcionais, e, incidentemente, compendiava a antiga legislação colonial. Nenhum aparte; um silêncio resignado, polido, discreto e cauteloso. Mariana passeava os olhos de um lado para outro, sem interesse; Sofia dizia-lhe muitas coisas, para dar saída a uma porção de gestos graciosos. No fim de quinze minutos agitou-se a Câmara, graças a uma expressão do orador e uma réplica da oposição. Trocaram-se apartes, os segundos mais bravos que os primeiros, e seguiu-se um tumulto, que durou perto de um quarto de hora.

Essa diversão não o foi para Mariana, cujo espírito plácido e uniforme, ficou atarantado no meio de tanta e tão inesperada agitação. Ela chegou a levantar-se para sair; mas sentou-se outra vez. Já agora estava disposta a ir ao fim, arrependida e resoluta a chorar só consigo as suas mágoas conjugais. A dúvida começou mesmo a entrar nela. Tinha razão no pedido ao marido; mas era caso de doer-se tanto? era razoável o espalhafato?

Certamente que as ironias dele foram cruéis; mas, em suma, era a primeira vez que ela lhe batera o pé, e, naturalmente, a novidade irritou-o. De qualquer modo, porém, fora um erro ir revelar tudo à amiga. Sofia iria talvez contá-lo a outras... Esta ideia trouxe um calafrio a Mariana; a indiscrição da amiga era certa; tinha-lhe ouvido uma porção de histórias de chapéus masculinos e femininos, coisa mais grave do que uma simples briga de casados.

Mariana sentiu necessidade de lisonjeá-la, e cobriu a sua impaciência e zanga com uma máscara de docilidade hipócrita. Começou a sorrir também, a fazer algumas observações, a respeito de um ou outro deputado, e assim chegaram ao fim do discurso e da sessão.

Eram quatro horas dadas. "Toca a recolher", disse Sofia; e Mariana concordou que sim, mas sem impaciência, e ambas tornaram a subir a rua do Ouvidor. A rua, a entrada no *bond* completaram a fadiga do espírito de Mariana, que afinal respirou quando viu que ia caminho de casa. Pouco antes de apear-se a outra, pediu-lhe que guardasse segredo sobre o que lhe contara; Sofia prometeu que sim.

Mariana respirou. A rola estava livre do gavião. Levava a alma doente dos encontrões, vertiginosa da diversidade de coisas e pessoas. Tinha necessidade de equilíbrio e saúde. A casa estava perto; à medida que ia vendo as outras casas e chácaras próximas, Mariana sentia-se restituída a si mesma. Chegou finalmente; entrou no jardim, respirou. Era aquele o seu mundo; menos um vaso, que o jardineiro trocara de lugar.

– João, bota este vaso onde estava antes – disse ela.

Tudo o mais estava em ordem, a sala de entrada, a de visitas, a de jantar, os seus quartos, tudo. Mariana sentou-se primeiro, em diferentes lugares, olhando bem para todas as coisas, tão quietas e ordenadas. Depois de uma manhã inteira de perturbação e variedade, a monotonia trazia-lhe um grande bem, e nunca lhe pareceu tão deliciosa. Na verdade, fizera mal... Quis recapitular os sucessos e não pôde; a alma espreguiçava-se toda naquela uniformidade caseira. Quando muito, pensou na figura do Viçoso, que achava agora ridícula, e era injustiça. Despiu-se lentamente, com amor, indo certeira a cada objeto. Uma vez despida, pensou outra vez na briga com o marido. Achou que, bem pesadas as coisas, a principal culpa era dela. Que diabo de teima por causa de um chapéu, que o marido usara há tantos anos? Também o pai era exigente demais...

– "Vou ver a cara com que ele vem" – pensou ela.

Eram cinco e meia; não tardaria muito. Mariana foi à sala da frente, espiou pela vidraça, prestou o ouvido ao *bond*, e nada. Sentou-se ali mesmo com o *Ivanhoé* nas palmas, querendo ler e não lendo nada. Os olhos iam até o fim da página, e tornavam ao princípio, em primeiro lugar, porque não apanhavam o sentido, em segundo lugar, porque uma ou outra vez desviavam-se para saborear a correção das cortinas ou qualquer outra feição particular da sala. Santa monotonia, tu a acalentavas no teu regaço eterno.

Enfim, parou um *bond*; apeou-se o marido; rangeu a porta de ferro do jardim. Mariana foi à vidraça, e espiou. Conrado entrava lentamente, olhando para a direita e a esquerda, com o chapéu na cabeça, não o famoso chapéu do costume, porém outro, o que a mulher lhe tinha pedido de manhã. O espírito de Mariana recebeu um choque violento, igual ao que lhe dera o vaso do jardim trocado, – ou ao que lhe daria uma lauda de Voltaire entre as folhas da *Moreninha* ou de *Ivanhoé*... Era a nota desigual no meio da harmoniosa sonata da vida. Não, não podia ser esse chapéu. Realmente, que mania a dela exigir que ele deixasse o outro que lhe ficava tão bem? E que não fosse o mais próprio, era o de longos anos; era o que quadrava à fisionomia do marido... Conrado entrou por uma porta lateral. Mariana recebeu-o nos braços.

– Então, passou? – perguntou ele, enfim, cingindo-lhe a cintura.

– Escuta uma coisa – respondeu ela com uma carícia divina –, bota fora esse; antes o outro.

AS ACADEMIAS DE SIÃO

Conhecem as academias de Sião? Bem sei que em Sião nunca houve academias: mas suponhamos que sim, e que eram quatro, e escutem-me.

I

As estrelas, quando viam subir, através da noite, muitos vaga-lumes cor de leite, costumavam dizer que eram os suspiros do rei de Sião, que se divertia com as suas trezentas concubinas. E, piscando o olho umas às outras, perguntavam:

— Reais suspiros, em que é que se ocupa esta noite o lindo Kalaphangko? Ao que os vaga-lumes respondiam com gravidade:

— Nós somos os pensamentos sublimes das quatro academias de Sião; trazemos conosco toda a sabedoria do universo.

Uma noite, foram em tal quantidade os vaga-lumes, que as estrelas, de medrosas, refugiaram-se nas alcovas, e eles tomaram conta de uma parte do espaço, onde se fixaram para sempre com o nome de Via-Láctea.

Deu lugar a essa enorme ascensão de pensamentos o fato de quererem as quatro academias de Sião resolver este singular problema: "Por que é que há homens femininos e mulheres masculinas?" E o que as induziu a isso foi a índole do jovem rei. Kalaphangko era virtualmente uma dama. Tudo nele respirava a mais esquisita feminidade: tinha os olhos doces, a voz argentina, atitudes moles e obedientes e um cordial horror às armas. Os guerreiros siameses gemiam, mas a nação vivia alegre, tudo eram danças, comédias e cantigas, à maneira do rei, que não cuidava de outra coisa. Daí a ilusão das estrelas.

Vai senão quando, uma das academias achou esta solução ao problema: "

Umas almas são masculinas, outras femininas. A anomalia que se observa é uma questão de corpos errados".

– Nego – bradaram as outras três –; a alma é neutra; nada tem com o contraste exterior.

Não foi preciso mais para que as vielas e águas de Bangkok se tingissem de sangue acadêmico. Veio primeiramente a controvérsia, depois a descompostura, e finalmente a pancada. No princípio da descompostura tudo andou menos mal; nenhuma das rivais arremessou um impropério que não fosse escrupulosamente derivado do sânscrito, que era a língua acadêmica, o latim de Sião. Mas dali em diante perderam a vergonha. A rivalidade desgrenhou-se, pôs as mãos na cintura, baixou à lama, à pedrada, ao murro, ao gesto vil, até que a academia sexual, exasperada, resolveu dar cabo das outras, e organizou um plano sinistro... Ventos que passais, se quisésseis levar convosco estas folhas de papel, para que eu não contasse a tragédia de Sião! Custa-me (ai de mim!), custa-me escrever a singular desforra. Os acadêmicos armaram-se em segredo, e foram ter com os outros, justamente quando estes, curvados sobre o famoso problema, faziam subir ao céu uma nuvem de vaga-lumes. Nem preâmbulo, nem piedade. Caíram-lhes em cima, espumando de raiva. Os que puderam fugir, não fugiram por muitas horas; perseguidos e atacados, morreram na beira do rio, a bordo das lanchas, ou nas vielas escusas. Ao todo, trinta e oito cadáveres. Cortaram uma orelha aos principais, e fizeram delas colares e braceletes para o presidente vencedor, o sublime U-Tong. Ébrios da vitória, celebraram o feito com um grande festim, no qual cantaram este hino magnífico: "Glória a nós, que somos o arroz da ciência e a luminária do universo". A cidade acordou estupefata. O terror apoderou-se da multidão. Ninguém podia absolver uma ação tão crua e feia; alguns chegavam mesmo a duvidar do que viam... Uma só pessoa aprovou tudo: foi a bela Kinnara, a flor das concubinas régias.

II

Molemente deitado aos pés da bela Kinnara, o jovem rei pedia-lhe uma cantiga.

– Não dou outra cantiga que não seja esta: creio na alma sexual.

– Crês no absurdo, Kinnara.

– Vossa Majestade crê então na alma neutra?

– Outro absurdo, Kinnara. Não, não creio na alma neutra, nem na alma sexual.

– Mas então em que é que Vossa Majestade crê, se não crê em nenhuma delas?

– Creio nos teus olhos, Kinnara, que são o Sol e a luz do universo.

– Mas cumpre-lhe escolher: ou crer na alma neutra, e punir a academia viva, ou crer na alma sexual, e absolvê-la.

– Que deliciosa que é a tua boca, minha doce Kinnara! Creio na tua boca: é a fonte da sabedoria.

Kinnara levantou-se agitada. Assim como o rei era o homem feminino, ela era a mulher máscula – um búfalo com penas de cisne. Era o búfalo que andava agora no aposento, mas daí a pouco foi o cisne que parou, e, inclinando o pescoço, pediu e obteve do rei, entre duas carícias, um decreto em que a doutrina da alma sexual foi declarada legítima e ortodoxa, e a outra, absurda e perversa. Nesse mesmo dia, foi o decreto mandado à academia triunfante, aos pagodes, aos mandarins, a todo o reino. A academia pôs luminárias; restabeleceu-se a paz pública.

III

Entretanto, a bela Kinnara tinha um plano engenhoso e secreto. Uma noite, como o rei examinasse alguns papéis do Estado, perguntou-lhe ela se os impostos eram pagos com pontualidade.

– *Ohimé!* – exclamou ele, repetindo essa palavra que lhe ficara de um missionário italiano. – Poucos impostos têm sido pagos. Eu não quisera mandar cortar a cabeça aos contribuintes... Não, isso nunca... Sangue? sangue? não, não quero sangue...

– E se eu lhe der um remédio a tudo?

– Qual?

— Vossa Majestade decretou que as almas eram femininas e masculinas, disse Kinnara depois de um beijo. Suponha que os nossos corpos estão trocados. Basta restituir cada alma ao corpo que lhe pertence. Troquemos os nossos...

Kalaphangko riu muito da ideia, e perguntou-lhe como é que fariam a troca. Ela respondeu que pelo método Mukunda, rei dos hindus, que se meteu no cadáver de um brâmane, enquanto um truão se metia no dele Mukunda — velha lenda passada aos turcos, persas e cristãos. Sim, mas a fórmula da invocação? Kinnara declarou que a possuía; um velho bonzo achara cópia dela nas ruínas de um templo.

— Valeu?

— Não creio no meu próprio decreto, redarguiu ele rindo; mas vá lá, se for verdade, troquemos... mas por um semestre, não mais. No fim do semestre destrocaremos os corpos.

Ajustaram que seria nessa mesma noite. Quando toda a cidade dormia, eles mandaram vir a piroga real, meteram-se dentro e deixaram-se ir à toa. Nenhum dos remadores os via. Quando a aurora começou a aparecer, fustigando as vacas rútilas, Kinnara proferiu a misteriosa invocação; a alma desprendeu-se-lhe e ficou pairando, à espera que o corpo do rei vagasse também. O dela caíra no tapete.

— Pronto? — disse Kalaphangko.

— Pronto, aqui estou no ar, esperando. Desculpe Vossa Majestade a indignidade da minha pessoa...

Mas a alma do rei não ouviu o resto. Lépida e cintilante, deixou o seu vaso físico e penetrou no corpo de Kinnara, enquanto a desta se apoderava do despojo real. Ambos os corpos ergueram-se e olharam um para o outro, imagine-se com que assombro. Era a situação do Buoso e da cobra, segundo conta o velho Dante; mas vede aqui a minha audácia. O poeta manda calar Ovídio e Lucano, por achar que a sua metamorfose vale mais que a deles dois. Eu mando-os calar a todos três. Buoso e a cobra não se encontram mais, ao passo que os meus dois heróis, uma vez trocados, continuam a falar e a viver juntos — coisa evidentemente mais dantesca, em que me pese à modéstia.

— Realmente — disse Kalaphangko —, isto de olhar para mim mesmo e dar-me majestade é esquisito. Vossa Majestade não sente a mesma coisa?

Um e outro estavam bem, como pessoas que acham finalmente uma casa adequada. Kalaphangko espreguiçava-se todo nas curvas femininas de Kinnara. Esta inteiriçava-se no tronco rijo de Kalaphangko. Sião tinha, finalmente, um rei.

IV

A primeira ação de Kalaphangko (daqui em diante entenda-se que é o corpo do rei com a alma de Kinnara, e Kinnara o corpo da bela siamesa com a alma do Kalaphangko) foi nada menos que dar as maiores honrarias à academia sexual. Não elevou os seus membros ao mandarinato, pois eram mais homens de pensamento que de ação e administração, dados à filosofia e à literatura, mas decretou que todos se prosternassem diante deles, como é de uso aos mandarins. Além disso, fez-lhes grandes presentes, coisas raras ou de valia, crocodilos empalhados, cadeiras de marfim, aparelhos de esmeralda para almoço, diamantes, relíquias. A academia, grata a tantos benefícios, pediu mais o direito de usar oficialmente o título de Claridade do Mundo, que lhe foi outorgado.

Feito isso, cuidou Kalaphangko da Fazenda Pública, da Justiça, do culto e do cerimonial. A nação começou de sentir o peso grosso, para falar como o excelso Camões, pois nada menos de onze contribuintes remissos foram logo decapitados. Naturalmente, os outros, preferindo a cabeça ao dinheiro, correram a pagar as taxas, e tudo se regularizou. A justiça e a legislação tiveram grandes melhoras. Construíram-se novos pagodes; e a religião pareceu até ganhar outro impulso, desde que Kalaphangko, copiando as antigas artes espanholas, mandou queimar uma dúzia de pobres missionários cristãos que por lá andavam; ação que os bonzos da terra chamaram a pérola do reinado.

Faltava uma guerra. Kalaphangko, com um pretexto mais ou menos diplomático, atacou a outro reino, e fez a campanha mais breve e gloriosa do século. Na volta a Bangkok, achou grandes festas esplêndidas. Trezentos barcos, forrados de seda escarlate e azul, foram recebê-lo. Cada um destes tinha na proa um cisne ou um dragão de ouro, e era tripulado pela mais fina gente da cidade; músicas e aclamações atroaram os ares. De noite, acabadas as festas, sussurrou ao ouvido a bela concubina:

— Meu jovem guerreiro, paga-me as saudades que curti na ausência; dize-me que a melhor das festas é a tua meiga Kinnara.

Kalaphangko respondeu com um beijo.

— Os teus beiços têm o frio da morte ou do desdém — suspirou ela.

Era verdade, o rei estava distraído e preocupado; meditava uma tragédia. Ia-se aproximando o termo do prazo em que deviam destrocar os corpos, e ele cuidava em iludir a cláusula, matando a linda siamesa. Hesitava por não saber se padeceria com a morte dela visto que o corpo era seu, ou mesmo se teria de sucumbir também. Era esta a dúvida de Kalaphangko; mas a ideia da morte sombreava-lhe a fronte, enquanto ele afagava ao peito um frasquinho com veneno, imitado dos Bórgias.

De repente, pensou na douta academia; podia consultá-la, não claramente, mas por hipótese. Mandou chamar os acadêmicos; vieram todos menos o presidente, o ilustre U-Tong, que estava enfermo. Eram treze; prosternaram-se e disseram ao modo de Sião:

— Nós, desprezíveis palhas, corremos ao chamado de Kalaphangko.

— Erguei-vos — disse benevolamente o rei.

— O lugar da poeira é o chão — teimaram eles com os cotovelos e joelhos em terra.

— Pois serei o vento que subleva a poeira — redarguiu Kalaphangko; e, com um gesto cheio de graça e tolerância, estendeu-lhes as mãos.

Em seguida, começou a falar de coisas diversas, para que o principal assunto viesse de si mesmo; falou nas últimas notícias do ocidente e nas leis de Manu. Referindo-se a U-Tong, perguntou-lhes se realmente era um grande sábio, como parecia; mas, vendo que mastigavam a resposta, ordenou-lhes que dissessem a verdade inteira. Com exemplar unanimidade, confessaram eles que U-Tong era um dos mais singulares estúpidos do reino, espírito raso, sem valor, nada sabendo e incapaz de aprender nada. Kalaphangko estava pasmado. Um estúpido?

– Custa-nos dizê-lo, mas não é outra coisa; é um espírito raso e chocho. O coração é excelente, caráter puro, elevado...

Kalaphangko, quando voltou a si do espanto, mandou embora os acadêmicos, sem lhes perguntar o que queria. Um estúpido? Era mister tirá-lo da cadeira sem molestá-lo.

Três dias depois, U-Tong compareceu ao chamado do rei. Este perguntou-lhe carinhosamente pela saúde; depois disse que queria mandar alguém ao Japão estudar uns documentos, negócio que só podia ser confiado a pessoa esclarecida. Qual dos seus colegas da academia lhe parecia idôneo para tal mister? Compreende-se o plano artificioso do rei: era ouvir dois ou três nomes, e concluir que a todos preferia o do próprio U-Tong; mas eis aqui o que este lhe respondeu:

– Real Senhor, perdoai a familiaridade da palavra: são treze camelos, com a diferença que os camelos são modestos, e eles não; comparam-se ao Sol e à lua. Mas, na verdade, nunca a lua nem o Sol cobriram mais singulares pulhas do que esses treze...

Compreendo o assombro de Vossa Majestade; mas eu não seria digno de mim se não dissesse isto com lealdade, embora confidencialmente...

Kalaphangko tinha a boca aberta. Treze camelos? Treze, treze. U-Tong ressalvou tão-somente o coração de todos, que declarou excelente; nada superior a eles pelo lado do caráter. Kalaphangko, com um fino gesto de complacência, despediu o sublime U-Tong e ficou pensativo. Quais fossem as suas reflexões, não o soube ninguém. Sabe-se que ele mandou chamar os outros acadêmicos, mas desta vez separadamente, a fim de não dar na vista, e para obter maior expansão. O primeiro que chegou, ignorando aliás a opinião de U-Tong, confirmou-a integralmente com a única emenda de serem doze os camelos, ou treze, contando o próprio U-Tong. O segundo não teve opinião diferente, nem o terceiro, nem os restantes acadêmicos. Diferiam no estilo; uns diziam camelos, outro usavam circunlóquios e metáforas, que vinham a dar na mesma coisa. E, entretanto, nenhuma injúria ao caráter moral das pessoas. Kalaphangko estava atônito.

Mas não foi esse o último espanto do rei. Não podendo consultar a academia, tratou de deliberar por si, no que gastou dois dias, até que a linda Kinnara lhe segredou que era mãe. Esta notícia fê-lo recuar do crime. Como destruir o vaso eleito da flor que tinha de vir com a primavera próxima? Jurou ao céu e à terra que o filho havia de nascer e viver.

Chegou ao fim do semestre; chegou o momento de destrocar os corpos.

Como da primeira vez, meteram-se no barco real, à noite, e deixaram-se ir águas abaixo, ambos de má vontade, saudosos do corpo que iam restituir um ao outro. Quando as vacas cintilantes da madrugada começaram de pisar vagarosamente o céu, proferiram eles a fórmula misteriosa, e cada alma foi devolvida ao corpo anterior. Kinnara, tornando ao seu, teve a comoção materna, como tivera a paterna quando ocupava o corpo de Kalaphangko. Parecia-lhe até que era ao mesmo tempo mãe e pai da criança.

– Pai e mãe? – repetiu o príncipe restituído à forma anterior.

Foram interrompidos por uma deleitosa música, ao longe. Era algum junco ou piroga que subia o rio, pois a música aproximava-se rapidamente. Já então o sol alagava de luz as águas e as margens verdes, dando ao quadro um tom de vida e renascença, que de algum modo fazia esquecer aos dois amantes a restituição física. E a música vinha chegando, agora mais distinta, até que, numa curva do rio, apareceu aos olhos de ambos um barco magnífico, adornado de plumas e flâmulas. Vinham dentro os quatorze membros da academia (contando U-Tong) e todos em coro mandavam aos ares o velho hino: "Glória a nós, que somos o arroz da ciência e a claridade do mundo!"

A bela Kinnara (antigo Kalaphangko) tinha os olhos esbugalhados de assombro.

Não podia entender como é que quatorze varões reunidos em academia eram a claridade do mundo, e separadamente uma multidão de camelos. Kalaphangko, consultado por ela, não achou explicação. Se alguém descobrir alguma, pode obsequiar uma das mais graciosas damas do Oriente, mandando-lha em carta fechada, e, para maior segurança, sobrescrita ao nosso cônsul em Xangai, China.

A CARTOMANTE

HAMLET observa a Horácio que há mais cousas no céu e na terra do que sonha a nossa filosofia. Era a mesma explicação que dava a bela Rita ao moço Camilo, numa sexta-feira de novembro de 1869, quando este ria dela, por ter ido na véspera consultar uma cartomante; a diferença é que o fazia por outras palavras.

– Ria, ria. Os homens são assim; não acreditam em nada. Pois saiba que fui, e que ela adivinhou o motivo da consulta, antes mesmo que eu lhe dissesse o que era. Apenas começou a botar as cartas, disse-me: "A senhora gosta de uma pessoa..." Confessei que sim, e então ela continuou a botar as cartas, combinou-as e, no fim, declarou-me que eu tinha medo de que você me esquecesse, mas que não era verdade...

– Errou! – interrompeu Camilo, rindo.

– Não diga isso, Camilo. Se você soubesse como eu tenho andado, por sua causa. Você sabe; já lhe disse. Não ria de mim, não ria...

Camilo pegou-lhe nas mãos e olhou para ela sério e fixo. Jurou que lhe queria muito, que os seus sustos pareciam de criança; em todo caso, quando tivesse algum receio, a melhor cartomante era ele mesmo. Depois, repreendeu-a; disse-lhe que era imprudente andar por essas casas. Vilela podia sabê-lo, e depois...

– Qual saber! tive muita cautela, ao entrar na casa.

– Onde é a casa?

– Aqui perto, na Rua da Guarda Velha; não passava ninguém nessa ocasião. Descansa; eu não sou maluca.

Camilo riu outra vez:

— Tu crês deveras nessas cousas? – perguntou-lhe.

Foi então que ela, sem saber que traduzia Hamlet em vulgar, disse-lhe que havia muita cousa misteriosa e verdadeira neste mundo. Se ele não acreditava, paciência; mas o certo é que a cartomante adivinhara tudo. Que mais? A prova é que ela agora estava tranquila e satisfeita.

Cuido que ele ia falar, mas reprimiu-se. Não queria arrancar-lhe as ilusões. Também ele, em criança, e ainda depois, foi supersticioso, teve um arsenal inteiro de crendices, que a mãe lhe incutiu e que aos 20 anos desapareceram. No dia em que deixou cair toda essa vegetação parasita, e ficou só o tronco da religião, ele, como tivesse recebido da mãe ambos os ensinos, envolveu-os na mesma dúvida, e logo depois em uma só negação total. Camilo não acreditava em nada. Por quê? Não poderia dizê-lo, não possuía um só argumento: limitava-se a negar tudo. E digo mal, porque negar é ainda afirmar, e ele não formulava a incredulidade; diante do mistério, contentou-se em levantar os ombros, e foi andando.

Separaram-se contentes, ele ainda mais que ela. Rita estava certa de ser amada; Camilo, não só o estava, mas via-a estremecer e arriscar-se por ele, correr às cartomantes, e, por mais que a repreendesse, não podia deixar de sentir-se lisonjeado. A casa do encontro era na antiga Rua dos Barbonos, onde morava uma comprovinciana de Rita. Esta desceu pela Rua das Mangueiras, na direção de Botafogo, onde residia; Camilo desceu pela da Guarda Velha, olhando de passagem para a casa da cartomante.

Vilela, Camilo e Rita, três nomes, uma aventura e nenhuma explicação das origens. Vamos a ela. Os dois primeiros eram amigos de infância. Vilela seguiu a carreira de magistrado. Camilo entrou no funcionalismo, contra a vontade do pai, que queria vê-lo médico; mas o pai morreu, e Camilo preferiu não ser nada, até que a mãe lhe arranjou um emprego público. No princípio de 1869, voltou Vilela da província, onde casara com uma dama formosa e tonta; abandonou a magistratura e veio abrir banca de advogado. Camilo arranjou-lhe casa para os lados de Botafogo, e foi a bordo recebê-lo.

— É o senhor? – exclamou Rita, estendendo-lhe a mão. – Não imagina como meu marido é seu amigo, falava sempre do senhor.

Camilo e Vilela olharam-se com ternura. Eram amigos deveras. Depois, Camilo confessou de si para si que a mulher do Vilela não desmentia as cartas do marido. Realmente, era graciosa e viva nos gestos, olhos cálidos, boca fina e interrogativa. Era um pouco mais velha que ambos: contava 30 anos, Vilela, 29, e Camilo, 26.

Entretanto, o porte grave de Vilela fazia-o parecer mais velho que a mulher, enquanto Camilo era um ingênuo na vida moral e prática. Faltava-lhe tanto a ação do tempo, como os óculos de cristal, que a natureza põe no berço de alguns para adiantar os anos. Nem experiência, nem intuição.

Uniram-se os três. Convivência trouxe intimidade. Pouco depois morreu a mãe de Camilo, e nesse desastre, que o foi, os dois mostraram-se grandes amigos dele. Vilela cuidou do enterro, dos sufrágios e do inventário; Rita tratou especialmente do coração, e ninguém o faria melhor.

Como daí chegaram ao amor, não o soube ele nunca. A verdade é que gostava de passar as horas ao lado dela, era a sua enfermeira moral, quase uma irmã, mas principalmente era mulher e bonita. *Odor di femmina*: eis o que ele aspirava nela, e em volta dela, para incorporá-lo em si próprio. Liam os mesmos livros, iam juntos a teatros e passeios. Camilo ensinou-lhe as damas e o xadrez e jogavam às noites; ela mal, ele, para lhe ser agradável, pouco menos mal. Até aí as cousas. Agora, a ação da pessoa, os olhos teimosos de Rita, que procuravam muita vez os dele, que os consultavam antes de o fazer ao marido, as mãos frias, as atitudes insólitas. Um dia, fazendo ele anos, recebeu de Vilela uma rica bengala de presente e de Rita apenas um cartão com um vulgar cumprimento a lápis, e foi então que ele pôde ler no próprio coração, não conseguia arrancar os olhos do bilhetinho. Palavras vulgares; mas há vulgaridades sublimes, ou, pelo menos, deleitosas. A velha caleça de praça, em que pela primeira vez passeaste com a mulher amada, fechadinhos ambos, vale o carro de Apolo. Assim é o homem, assim são as cousas que o cercam.

Camilo quis sinceramente fugir, mas já não pôde. Rita, como uma serpente, foi-se acercando dele, envolveu-o todo, fez-lhe estalar os ossos num espasmo, e pingou-lhe o veneno na boca. Ele ficou atordoado e subjugado. Vexame, sustos, remorsos, desejos, tudo sentiu de mistura, mas a batalha foi curta e a vitória delirante. Adeus, escrúpulos! Não tardou que o sapato se acomodasse ao pé, e aí foram ambos, estrada fora, braços dados, pisando folgadamente por cima de ervas e pedregulhos, sem padecer nada mais que algumas saudades, quando estavam ausentes um do outro. A confiança e estima de Vilela continuavam a ser as mesmas.

Um dia, porém, recebeu Camilo uma carta anônima, que lhe chamava imoral e pérfido, e dizia que a aventura era sabida de todos. Camilo teve medo, e, para desviar as suspeitas, começou a rarear as visitas à casa de Vilela. Este notou-lhe as ausências. Camilo respondeu que o motivo era uma paixão frívola de rapaz. Candura gerou astúcia. As ausências prolongaram-se, e as visitas cessaram inteiramente. Pode ser que entrasse também nisso um pouco de amor-próprio, uma intenção de diminuir os obséquios do marido, para tornar menos dura a aleivosia do ato.

Foi por esse tempo que Rita, desconfiada e medrosa, correu à cartomante para consultá-la sobre a verdadeira causa do procedimento de Camilo.

Vimos que a cartomante restituiu-lhe a confiança, e que o rapaz repreendeu-a por ter feito o que fez. Correram ainda algumas semanas. Camilo recebeu mais duas ou três cartas anônimas, tão apaixonadas, que não podiam ser advertência da virtude, mas despeito de algum pretendente; tal foi a opinião de Rita, que, por outras palavras mal compostas, formulou este pensamento: "a virtude é preguiçosa e avara, não gasta tempo nem papel; só o interesse é ativo e pródigo."

Nem por isso Camilo ficou mais sossegado; temia que o anônimo fosse ter com Vilela, e a catástrofe viria então sem remédio. Rita concordou que era possível.

– Bem – disse ela –; eu levo os sobrescritos para comparar a letra com as das cartas que lá aparecerem; se alguma for igual, guardo-a e rasgo-a...

Nenhuma apareceu; mas daí a algum tempo Vilela começou a mostrar-se sombrio, falando pouco, como desconfiado. Rita deu-se pressa em dizê-lo ao outro, e sobre isso deliberaram. A opinião dela é que Camilo devia tornar à casa deles, tatear o marido, e pode ser até que lhe ouvisse a confidência de algum negócio particular. Camilo divergia; aparecer depois de tantos meses era confirmar a suspeita ou denúncia. Mais valia acautelarem-se, sacrificando-se por algumas semanas. Combinaram os meios de se corresponderem, em caso de necessidade, e separaram-se com lágrimas.

No dia seguinte, estando na repartição, recebeu Camilo este bilhete de Vilela: "Vem já, já, à nossa casa; preciso falar-te sem demora". Era mais de meio-dia. Camilo saiu logo; na rua, advertiu que teria sido mais natural chamá-lo ao escritório; por que em casa? Tudo indicava matéria especial, e a letra, fosse realidade ou ilusão, afigurou-se-lhe trêmula. Ele combinou todas essas cousas com a notícia da véspera.

— Vem já, já, à nossa casa; preciso falar-te sem demora — repetia ele com os olhos no papel.

Imaginariamente, viu a ponta da orelha de um drama, Rita subjugada e lacrimosa, Vilela indignado, pegando da pena e escrevendo o bilhete, certo de que ele acudiria, e esperando-o para matá-lo. Camilo estremeceu, tinha medo: depois sorriu amarelo, e em todo caso repugnava-lhe a ideia de recuar, e foi andando. De caminho, lembrou-se de ir a casa; podia achar algum recado de Rita, que lhe explicasse tudo. Não achou nada, nem ninguém. Voltou à rua, e a ideia de estarem descobertos parecia-lhe cada vez mais verossímil; era natural uma denúncia anônima, até da própria pessoa que o ameaçara antes; podia ser que Vilela conhecesse agora tudo. A mesma suspensão das suas visitas, sem motivo aparente, apenas com um pretexto fútil, viria confirmar o resto.

Camilo ia andando inquieto e nervoso. Não relia o bilhete, mas as palavras estavam decoradas, diante dos olhos, fixas, ou então — o que era ainda pior — eram-lhe murmuradas ao ouvido, com a própria voz de Vilela. "Vem já, já, à nossa casa; preciso falar-te sem demora." Ditas assim, pela voz do outro, tinham um tom de mistério e ameaça. Vem, já, já, para quê?

Era perto de uma hora da tarde. A comoção crescia de minuto a minuto. Tanto imaginou o que se iria passar, que chegou a crê-lo e vê-lo.

Positivamente, tinha medo. Entrou a cogitar em ir armado, considerando que, se nada houvesse, nada perdia, e a precaução era útil. Logo depois rejeitava a ideia, vexado de si mesmo, e seguia, picando o passo, na direção do Largo da Carioca, para entrar num tílburi. Chegou, entrou e mandou seguir a trote largo.

"Quanto antes, melhor, pensou ele; não posso estar assim..."

Mas o mesmo trote do cavalo veio agravar-lhe a comoção. O tempo voava, e ele não tardaria a entestar com o perigo. Quase no fim da Rua da Guarda Velha, o tílburi teve de parar, a rua estava atravancada com uma carroça, que caíra. Camilo, em si mesmo, estimou o obstáculo, e esperou. No fim de cinco minutos, reparou que ao lado, à esquerda, ao pé do tílburi, ficava a casa da cartomante, a quem Rita consultara uma vez, e nunca ele desejou tanto crer na lição das cartas. Olhou, viu as janelas fechadas, quando todas as outras estavam abertas e pejadas de curiosos do incidente da rua.

Dir-se-ia a morada do indiferente Destino.

Camilo reclinou-se no tílburi, para não ver nada. A agitação dele era grande, extraordinária, e do fundo das camadas morais emergiam alguns fantasmas de outro tempo, as velhas crenças, as superstições antigas. O cocheiro propôs-lhe voltar à primeira travessa, e ir por outro caminho: ele respondeu que não, que esperasse. E inclinava-se para fitar a casa... Depois fez um gesto incrédulo: era a ideia de ouvir a cartomante, que lhe passava ao longe, muito longe, com vastas asas cinzentas; desapareceu, reapareceu, e tornou a esvair-se no cérebro; mas daí a pouco moveu outra vez as asas, mais perto, fazendo uns giros concêntricos... Na rua, gritavam os homens, safando a carroça:

– Anda! agora! empurra! vá! vá!

Daí a pouco estaria removido o obstáculo. Camilo fechava os olhos, pensava em outras cousas: mas a voz do marido sussurrava-lhe a orelhas as palavras da carta: "Vem, já, já..." E ele via as contorções do drama e tremia. A casa olhava para ele. As pernas queriam descer e entrar. Camilo achou-se diante de um longo véu opaco... pensou rapidamente no inexplicável de tantas cousas. A voz da mãe repetia-lhe uma porção de casos extraordinários: e a mesma frase do príncipe de Dinamarca reboava-lhe dentro: "Há mais cousas no céu e na terra do que sonha a filosofia... " Que perdia ele, se...?

Deu por si na calçada, ao pé da porta: disse ao cocheiro que esperasse, e rápido enfiou pelo corredor, e subiu a escada. A luz era pouca, os degraus comidos dos pés, o corrimão pegajoso; mas ele não viu nem sentiu nada. Trepou e bateu. Não aparecendo ninguém, teve ideia de descer; mas era tarde, a curiosidade fustigava-lhe o sangue, as fontes latejavam-lhe; ele tornou a bater uma, duas, três pancadas. Veio uma mulher; era a cartomante. Camilo disse que ia consultá-la, ela fê-lo entrar. Dali subiram ao sótão, por uma escada ainda pior que a primeira e mais escura. Em cima, havia uma salinha, mal alumiada por uma janela, que dava para o telhado dos fundos. Velhos trastes, paredes sombrias, um ar de pobreza, que antes aumentava do que destruía o prestígio.

A cartomante fê-lo sentar diante da mesa, e sentou-se do lado oposto, com as costas para a janela, de maneira que a pouca luz de fora batia em cheio no rosto de Camilo. Abriu uma gaveta e tirou um baralho de cartas compridas e enxovalhadas. Enquanto as baralhava, rapidamente, olhava para ele, não de rosto, mas por baixo dos olhos. Era uma mulher de 40 anos, italiana, morena e magra, com grandes olhos sonsos e agudos. Voltou três cartas sobre a mesa, e disse-lhe:

– Vejamos primeiro o que é que o traz aqui. O senhor tem um grande susto...

Camilo, maravilhado, fez um gesto afirmativo.

– E quer saber – continuou ela – se lhe acontecerá alguma cousa ou não...

– A mim e a ela – explicou vivamente ele.

A cartomante não sorriu: disse-lhe só que esperasse. Rápido pegou outra vez das cartas e baralhou-as, com os longos dedos finos, de unhas descuradas; baralhou-as bem, transpôs os maços, uma, duas. três vezes; depois começou a estendê-las. Camilo tinha os olhos nela curioso e ansioso.

– As cartas dizem-me...

Camilo inclinou-se para beber uma a uma as palavras. Então ela declarou-lhe que não tivesse medo de nada. Nada aconteceria nem a um nem a outro; ele, o terceiro, ignorava tudo. Não obstante, era indispensável muita cautela: ferviam invejas e despeitos. Falou-lhe do amor que os ligava, da beleza de Rita... Camilo estava deslumbrado. A cartomante acabou, recolheu as cartas e fechou-as na gaveta.

– A senhora restituiu-me a paz ao espírito – disse ele estendendo a mão por cima da mesa e apertando a da cartomante.

Esta levantou-se, rindo.

– Vá – disse ela; vá, ragazzo innamorato...

E de pé, com o dedo indicador, tocou-lhe na testa. Camilo estremeceu, como se fosse a mão da própria sibila, e levantou-se também. A cartomante foi à cômoda, sobre a qual estava um prato com passas, tirou um cacho destas, começou a despencá-las e comê-las, mostrando duas fileiras de dentes que desmentiam as unhas. Nessa mesma ação comum, a mulher tinha um ar particular. Camilo, ansioso por sair, não sabia como pagasse; ignorava o preço.

– Passas custam dinheiro – disse ele afinal, tirando a carteira. – Quantas quer mandar buscar?

– Pergunte ao seu coração, respondeu ela.

Camilo tirou uma nota de 10 mil-réis, e deu-lha. Os olhos da cartomante fuzilaram. O preço usual era dois mil-réis.

– Vejo bem que o senhor gosta muito dela... E faz bem; ela gosta muito do senhor. Vá, vá, tranquilo. Olhe a escada, é escura; ponha o chapéu...

A cartomante tinha já guardado a nota na algibeira, e descia com ele, falando, com um leve sotaque. Camilo despediu-se dela embaixo, e desceu a escada que levava à rua, enquanto a cartomante, alegre com a paga, tornava acima, cantarolando uma barcarola. Camilo achou o tílburi esperando; a rua estava livre. Entrou e seguiu a trote largo.

Tudo lhe parecia agora melhor, as outras cousas traziam outro aspecto, o céu estava límpido e as caras joviais. Chegou a rir dos seus receios, que chamou pueris; recordou os termos da carta de Vilela e reconheceu que eram íntimos e familiares. Onde é que ele lhe descobrira a ameaça? Advertiu também que eram urgentes, e que fizera mal em demorar-se tanto; podia ser algum negócio grave e gravíssimo.

– Vamos, vamos depressa – repetia ele ao cocheiro.

E consigo, para explicar a demora ao amigo, engenhou qualquer cousa; parece que formou também o plano de aproveitar o incidente para tornar à antiga assiduidade... De volta com os planos, reboavam-lhe na alma as palavras da cartomante. Em verdade, ela adivinhara o objeto da consulta, o estado dele, a existência de um terceiro; por que não adivinharia o resto? O presente que se ignora vale o futuro. Era assim, lentas e contínuas, que as velhas crenças do rapaz iam tornando ao de cima, e o mistério empolgava-o com as unhas de ferro. Às vezes queria rir, e ria de si mesmo, algo vexado; mas a mulher, as cartas, as palavras secas e afirmativas, a exortação: – Vá, vá, ragazzo innamorato; e no fim, ao longe, a barcarola da despedida, lenta e graciosa, tais eram os elementos recentes, que formavam, com os antigos, uma fé nova e vivaz.

A verdade é que o coração ia alegre e impaciente, pensando nas horas felizes de outrora e nas que haviam de vir. Ao passar pela Glória, Camilo olhou para o mar, estendeu os olhos para fora, até onde a água e o céu dão um abraço infinito, e teve assim uma sensação do futuro, longo, longo, interminável.

Daí a pouco chegou à casa de Vilela. Apeou-se, empurrou a porta de ferro do jardim e entrou. A casa estava silenciosa. Subiu os seis degraus de pedra, e mal teve tempo de bater, a porta abriu-se, e apareceu-lhe Vilela.

– Desculpa, não pude vir mais cedo; que há?

Vilela não lhe respondeu; tinha as feições decompostas; fez-lhe sinal, e foram para uma saleta interior. Entrando, Camilo não pôde sufocar um grito de terror: – ao fundo sobre o canapé, estava Rita morta e ensanguentada.

Vilela pegou-o pela gola, e, com dois tiros de revólver, estirou-o morto no chão.

UNS BRAÇOS

Inácio estremeceu, ouvindo os gritos do solicitador, recebeu o prato que este lhe apresentava e tratou de comer, debaixo de uma trovoada de nomes, malandro, cabeça de vento, estúpido, maluco.

– Onde anda que nunca ouve o que lhe digo? Hei de contar tudo a seu pai, para que lhe sacuda a preguiça do corpo com uma boa vara de marmelo, ou um pau; sim, ainda pode apanhar, não pense que não. Estúpido! Maluco!

– Olhe que lá fora é isto mesmo que você vê aqui, continuou, voltando-se para dona Severina, senhora que vivia com ele, maritalmente, há anos.

Confunde-me os papéis todos, erra as casas, vai a um escrivão em vez de ir a outro, troca os advogados: é o diabo! É o tal sono pesado e contínuo. De manhã é o que se vê; primeiro que acorde é preciso quebrar-lhe os ossos... Deixe; amanhã hei de acordá-lo a pau de vassoura!

Dona Severina tocou-lhe no pé, como pedindo que acabasse. Borges espeitorou ainda alguns impropérios, e ficou em paz com Deus e os homens.

Não digo que ficou em paz com os meninos, porque o nosso Inácio não era propriamente um menino. Tinha 15 anos feitos e bem feitos. Cabeça inculta, mas bela, olhos de rapaz que sonha, que adivinha, que indaga, que quer saber e não acaba de saber nada. Tudo isso posto sobre um corpo não destituído de graça, ainda que mal vestido. O pai é barbeiro na Cidade Nova, e pô-lo de agente, escrevente, ou que quer que era, do solicitador Borges, com esperança de vê-lo no foro, porque lhe parecia que os procuradores de causas ganhavam muito. Passava-se isto na Rua da Lapa, em 1870.

Durante alguns minutos não se ouviu mais que o tinir dos talheres e o ruído da mastigação. Borges abarrotava-se de alface e vaca; interrompia-se para virgular a oração com um golpe de vinho e continuava logo calado.

Inácio ia comendo devagarinho, não ousando levantar os olhos do prato, nem para colocá-los onde eles estavam no momento em que o terrível Borges o descompôs. Verdade é que seria agora muito arriscado. Nunca ele pôs os olhos nos braços de dona Severina que se não esquecesse de si e de tudo.

Também a culpa era antes de dona Severina em trazê-los assim nus, constantemente. Usava mangas curtas em todos os vestidos de casa, meio palmo abaixo do ombro; dali em diante ficavam-lhe os braços à mostra. Na verdade, eram belos e cheios, em harmonia com a dona, que era antes grossa que fina, e não perdiam a cor nem a maciez por viverem ao ar; mas é justo explicar que ela os não trazia assim por faceira, senão porque já gastara todos os vestidos de mangas compridas. De pé, era muito vistosa; andando, tinha meneios engraçados; ele, entretanto, quase que só a via à mesa, onde, além dos braços, mal poderia mirar-lhe o busto. Não se pode dizer que era bonita; mas também não era feia. Nenhum adorno; o próprio penteado consta de mui pouco; alisou os cabelos, apanhou-os, atou-os e fixou-os no alto da cabeça com o pente de tartaruga que a mãe lhe deixou. Ao pescoço, um lenço escuro, nas orelhas, nada. Tudo isso com 27 anos floridos e sólidos.

Acabaram de jantar. Borges, vindo o café, tirou quatro charutos da algibeira, comparou-os, apertou-os entre os dedos, escolheu um e guardou os restantes. Aceso o charuto, fincou os cotovelos na mesa e falou a dona Severina de trinta mil cousas que não interessavam nada ao nosso Inácio; mas enquanto falava, não o descompunha, e ele podia devanear à larga.

Inácio demorou o café o mais que pôde. Entre um e outro gole alisava a toalha, arrancava dos dedos pedacinhos de pele imaginários ou passava os olhos pelos quadros da sala de jantar, que eram dois, um São Pedro e um São João, registros trazidos de festas encaixilhados em casa. Vá que disfarçasse com São João, cuja cabeça moça alegra as imaginações católicas, mas com o austero São Pedro era demais. A única defesa do moço Inácio é que ele não via nem um nem outro; passava os olhos por ali como por nada. Via só os braços de dona Severina – ou porque sorrateiramente olhasse para eles, ou porque andasse com eles impressos na memória.

– Homem, você não acaba mais? – bradou de repente o solicitador.

Não havia remédio; Inácio bebeu a última gota, já fria, e retirou-se, como de costume, para o seu quarto, nos fundos da casa. Entrando, fez um gesto de zanga e desespero e foi depois encostar-se a uma das duas janelas que davam para o mar. Cinco minutos depois, a vista das águas próximas e das montanhas ao longe restituía-lhe o sentimento confuso, vago, inquieto, que lhe doía e fazia bem, alguma cousa que deve sentir a planta, quando abotoa a primeira flor. Tinha vontade de ir embora e de ficar. Havia cinco semanas que ali morava, e a vida era sempre a mesma, sair de manhã com o Borges, andar por audiências e cartórios, correndo, levando papéis ao selo, ao distribuidor, aos escrivães, aos oficiais de justiça. Voltava à tarde, jantava e recolhia-se ao quarto, até a hora da ceia; ceava e ia dormir. Borges não lhe dava intimidade na família, que se compunha apenas de dona Severina, nem Inácio a via mais de três vezes por dia, durante as refeições. Cinco semanas de solidão, de trabalho sem gosto, longe da mãe e das irmãs; cinco semanas de silêncio, porque ele só falava uma ou outra vez na rua; em casa, nada.

"Deixe estar – pensou ele um dia –, fujo daqui e não volto mais." Não foi; sentiu-se agarrado e acorrentado pelos braços de dona Severina.

Nunca vira outros tão bonitos e tão frescos. A educação que tivera não lhe permitia encará-los logo abertamente, parece até que a princípio afastava os olhos, vexado. Encarou-os pouco a pouco, ao ver que eles não tinham outras mangas, e assim os foi descobrindo, mirando e amando. No fim de três semanas eram eles, moralmente falando, as suas tendas de repouso.

Aguentava toda a trabalheira de fora toda a melancolia da solidão e do silêncio, toda a grosseria do patrão, pela única paga de ver, três vezes por dia, o famoso par de braços.

Naquele dia, enquanto a noite ia caindo e Inácio estirava-se na rede (não tinha ali outra cama), dona Severina, na sala da frente, recapitulava o episódio do jantar e, pela primeira vez, desconfiou alguma cousa. Rejeitou a ideia logo, uma criança! Mas há ideias que são da família das moscas teimosas: por mais que a gente as sacuda, elas tornam e pousam. Criança? Tinha 15 anos; e ela advertiu que entre o nariz e a boca do rapaz havia um princípio de rascunho de buço. Que admira que começasse a amar? E não era ela bonita? Esta outra ideia não foi rejeitada, antes afagada e beijada. E recordou então os modos dele, os esquecimentos, as distrações, e mais um incidente, e mais outro, tudo eram sintomas, e concluiu que sim.

– Que é que você tem? – disse-lhe o solicitador, estirado no canapé, ao cabo de alguns minutos de pausa.

– Não tenho nada.

– Nada? Parece que cá em casa anda tudo dormindo! Deixem estar, que eu sei de um bom remédio para tirar o sono aos dorminhocos...

E foi por ali, no mesmo tom zangado, fuzilando ameaças, mas realmente incapaz de as cumprir, pois era antes grosseiro que mau. Dona Severina interrompia-o que não, que era engano, não estava dormindo, estava pensando na comadre Fortunata. Não a visitavam desde o Natal; por que não iriam lá uma daquelas noites? Borges redarguia que andava cansado, trabalhava como um negro, não estava para visitas de parola, e descompôs a comadre, descompôs o compadre, descompôs o afilhado, que não ia ao colégio, com 10 anos! Ele, Borges, com 10 anos, já sabia ler, escrever e contar, não muito bem, é certo, mas sabia. Dez anos! Havia de ter um bonito fim: vadio, e o covado e meio nas costas. A tarimba é que viria ensiná-lo.

Dona Severina apaziguava-o com desculpas, a pobreza da comadre, o caiporismo do compadre, e fazia-lhe carinhos, a medo, que eles podiam irritá-lo mais. A noite caíra de todo; ela ouviu o *tlic* do lampião do gás da rua, que acabavam de acender, e viu o clarão dele nas janelas da casa fronteira. Borges, cansado do dia, pois era realmente um trabalhador de primeira ordem, foi fechando os olhos e pegando no sono, e deixou-a só na sala, às escuras, consigo e com a descoberta que acaba de fazer.

Tudo parecia dizer à dama que era verdade; mas essa verdade, desfeita a impressão do assombro, trouxe-lhe uma complicação moral que ela só conheceu pelos efeitos, não achando meio de discernir o que era. Não podia entender-se nem equilibrar-se, chegou a pensar em dizer tudo ao solicitador, e ele que mandasse embora o fedelho. Mas que era tudo? Aqui estacou: realmente, não havia mais que suposição, coincidência e possivelmente ilusão. Não, não, ilusão não era. E logo recolhia os indícios vagos, as atitudes do mocinho, o acanhamento, as distrações, para rejeitar a ideia de estar enganada. Daí a pouco, (capciosa natureza!) refletindo que seria mau acusá-lo sem fundamento, admitiu que se iludisse, para o único fim de observá-lo melhor e averiguar bem a realidade das cousas.

Já nessa noite, dona Severina mirava por baixo dos olhos os gestos de Inácio; não chegou a achar nada, porque o tempo do chá era curto e o rapazinho não tirou os olhos da xícara. No dia seguinte pôde observar melhor, e nos outros otimamente. Percebeu que sim, que era amada e temida, amor adolescente e virgem, retido pelos liames sociais e por um sentimento de inferioridade que o impedia de reconhecer-se a si mesmo. Dona Severina compreendeu que não havia recear nenhum desacato, e concluiu que o melhor era não dizer nada ao solicitador; poupava-lhe um desgosto, e outro à pobre criança. Já se persuadia bem que ele era criança, e assentou de o tratar tão secamente como até ali, ou ainda mais. E assim fez; Inácio começou a sentir que ela fugia com os olhos, ou falava áspero, quase tanto como o próprio Borges. De outras vezes, é verdade que o tom da voz saía brando e até meigo, muito meigo; assim como o olhar geralmente esquivo, tanto errava por outras partes, que, para descansar, vinha pousar na cabeça dele; mas tudo isso era curto.

– Vou-me embora – repetia ele na rua como nos primeiros dias.

Chegava à casa e não se ia embora. Os braços de dona Severina fechavam-lhe um parêntesis no meio do longo e fastidioso período da vida que levava, e essa oração intercalada trazia uma ideia original e profunda, inventada pelo céu unicamente para ele. Deixava-se estar e ia andando. Afinal, porém, teve de sair, e para nunca mais; eis aqui como e porquê.

Dona Severina tratava-o desde alguns dias com benignidade. A rudeza da voz parecia acabada, e havia mais do que brandura, havia desvelo e carinho. Um dia recomendava-lhe que não apanhasse ar, outro que não bebesse água fria depois do café quente, conselhos, lembranças, cuidados de amiga e mãe, que lhe lançaram na alma ainda maior inquietação e confusão. Inácio chegou ao extremo de confiança de rir um dia à mesa, cousa que jamais fizera; e o solicitador não o tratou mal dessa vez, porque era ele que contava um caso engraçado, e ninguém pune a outro pelo aplauso que recebe.

Foi então que dona Severina viu que a boca do mocinho, graciosa estando calada, não o era menos quando ria.

A agitação de Inácio ia crescendo, sem que ele pudesse acalmar-se nem entender-se. Não estava bem em parte nenhuma. Acordava de noite, pensando em dona Severina. Na rua, trocava de esquinas, errava as portas, muito mais que dantes, e não via mulher, ao longe ou ao perto, que lha não trouxesse à memória. Ao entrar no corredor da casa, voltando do trabalho, sentia sempre algum alvoroço, às vezes grande, quando dava com ela no topo da escada, olhando através das grades de pau da cancela, como tendo acudido a ver quem era.

Um domingo – nunca ele esqueceu esse domingo –, estava só no quarto, à janela, virado para o mar, que lhe falava a mesma linguagem obscura e nova de dona Severina. Divertia-se em olhar para as gaivotas, que faziam grandes giros no ar, ou pairavam em cima d'água, ou avoaçavam somente. O dia estava lindíssimo. Não era só um domingo cristão; era um imenso domingo universal.

Inácio passava-os todos ali no quarto ou à janela, ou relendo um dos três folhetos que trouxera consigo, contos de outros tempos, comprados a tostão, debaixo do passadiço do Largo do Paço. Eram duas horas da tarde. Estava cansado, dormira mal a noite, depois de haver andado muito na véspera; estirou-se na rede, pegou em um dos folhetos a *Princesa Magalona* e começou a ler. Nunca pôde entender por que é que todas as heroínas dessas velhas histórias tinham a mesma cara e talhe de dona Severina, mas a verdade é que os tinham. Ao cabo de meia hora, deixou cair o folheto e pôs os olhos na parede, donde, cinco minutos depois, viu sair a dama dos seus cuidados. O natural era que se espantasse; mas não se espantou. Embora com as pálpebras cerradas viu-a desprender-se de todo, parar, sorrir e andar para a rede. Era ela mesma, eram os seus mesmos braços.

É certo, porém, que dona Severina, tanto não podia sair da parede, dado que houvesse ali porta ou rasgão, que estava justamente na sala da frente ouvindo os passos do solicitador que descia as escadas. Ouviu-o descer; foi à janela vê-lo sair e só se recolheu quando ele se perdeu ao longe, no caminho da Rua das Mangueiras. Então entrou e foi sentar-se no canapé. Parecia fora do natural, inquieta, quase maluca; levantando-se, foi pegar na jarra que estava em cima do aparador e deixou-a no mesmo lugar; depois caminhou até a porta, deteve-se e voltou, ao que parece, sem plano. Sentou-se outra vez cinco ou dez minutos. De repente, lembrou-se que Inácio comera pouco ao almoço e tinha o ar abatido, e advertiu que podia estar doente; podia ser até que estivesse muito mal.

Saiu da sala, atravessou rasgadamente o corredor e foi até o quarto do mocinho, cuja porta achou escancarada. Dona Severina parou, espiou, deu com ele na rede, dormindo, com o braço para fora e o folheto caído no chão. A cabeça inclinava-se um pouco do lado da porta, deixando ver os olhos fechados, os cabelos revoltos e um grande ar de riso e de beatitude.

Dona Severina sentiu bater-lhe o coração com veemência e recuou. Sonhara de noite com ele; pode ser que ele estivesse sonhando com ela. Desde madrugada que a figura do mocinho andava-lhe diante dos olhos como uma tentação diabólica. Recuou ainda, depois voltou, olhou dois, três, cinco minutos, ou mais. Parece que o sono dava à adolescência de Inácio uma expressão mais acentuada, quase feminina, quase pueril. "Uma criança!" disse ela a si mesma, naquela língua sem palavras que todos trazemos conosco. E esta ideia abateu-lhe o alvoroço do sangue e dissipou-lhe em parte a turvação dos sentidos.

"Uma criança!"

E mirou-o lentamente, fartou-se de vê-lo, com a cabeça inclinada, o braço caído; mas, ao mesmo tempo que o achava criança, achava-o bonito, muito mais bonito que acordado, e uma dessas ideias corrigia ou corrompia a outra. De repente, estremeceu e recuou assustada: ouvira um ruído ao pé, na saleta do engomado; foi ver, era um gato que deitara uma tigela ao chão. Voltando devagarinho a espiá-lo, viu que dormia profundamente. Tinha o sono duro a criança! O rumor que a abalara tanto, não o fez sequer mudar de posição. E ela continuou a vê-lo dormir, dormir e talvez sonhar.

Que não possamos ver os sonhos uns dos outros! Dona Severina ter-se-ia visto a si mesma na imaginação do rapaz; ter-se-ia visto diante da rede, risonha e parada; depois inclinar-se, pegar-lhe nas mãos, levá-las ao peito, cruzando ali os braços, os famosos braços. Inácio, namorado deles, ainda assim ouvia as palavras dela, que eram lindas cálidas, principalmente novas – ou, pelo menos, pertenciam a algum idioma que ele não conhecia, posto que o entendesse. Duas três e quatro vezes a figura esvaía-se, para tornar logo, vindo do mar ou de outra parte, entre gaivotas, ou atravessando o corredor com toda a graça robusta de que era capaz. E tornando, inclinava-se, pegava-lhe outra vez das mãos e cruzava ao peito os braços, até que inclinando-se, ainda mais, muito mais, abrochou os lábios e deixou-lhe um beijo na boca.

Aqui o sonho coincidiu com a realidade, e as mesmas bocas uniram-se na imaginação e fora dela. A diferença é que a visão não recuou, e a pessoa real tão depressa cumprira o gesto, como fugiu até a porta, vexada e medrosa.

Dali passou à sala da frente, aturdida do que fizera, sem olhar fixamente para nada. Afiava o ouvido, ia até o fim do corredor, a ver se escutava algum rumor que lhe dissesse que ele acordara, e só depois de muito tempo é que o medo foi passando. Na verdade, a criança tinha o sono duro; nada lhe abria os olhos, nem os fracassos contíguos, nem os beijos de verdade. Mas, se o medo foi passando, o vexame ficou e cresceu. Dona Severina não acabava de crer que fizesse aquilo; parece que embrulhara os seus desejos na ideia de que era uma criança namorada que ali estava sem consciência nem imputação; e, meio mãe, meio amiga, inclinara-se e beijara-o. Fosse como fosse, estava confusa, irritada, aborrecida, mal consigo e mal com ele. O medo de que ele podia estar fingindo que dormia apontou-lhe na alma e deu-lhe um calafrio.

Mas a verdade é que dormiu ainda muito, e só acordou para jantar.

Sentou-se à mesa lépido. Conquanto achasse dona Severina calada e severa e o solicitador tão ríspido como nos outros dias, nem a rispidez de um, nem a severidade da outra podiam dissipar-lhe a visão graciosa que ainda trazia consigo, ou amortecer-lhe a sensação do beijo. Não reparou que dona Severina tinha um xale que lhe cobria os braços; reparou depois, na segunda-feira, e na terça-feira, também, e até sábado, que foi o dia em que Borges mandou dizer ao pai que não podia ficar com ele; e não o fez zangado, porque o tratou relativamente bem e ainda lhe disse à saída:

– Quando precisar de mim para alguma cousa, procure-me.

– Sim, senhor. A sra. dona Severina...

– Está lá para o quarto, com muita dor de cabeça. Venha amanhã ou depois despedir-se dela.

Inácio saiu sem entender nada. Não entendia a despedida, nem a completa mudança de dona Severina, em relação a ele, nem o xale, nem nada. Estava tão bem! falava-lhe com tanta amizade! Como é que, de repente... Tanto pensou que acabou supondo de sua parte algum olhar indiscreto, alguma distração que a ofendera, não era outra cousa; e daqui a cara fechada e o xale que cobria os braços tão bonitos... Não importa; levava consigo o sabor do sonho. E através dos anos, por meio de outros amores, mais efetivos e longos, nenhuma sensação achou nunca igual à daquele domingo, na Rua da Lapa, quando ele tinha 15 anos. Ele mesmo exclama às vezes, sem saber que se engana:

E foi um sonho! um simples sonho!

PAI CONTRA MÃE

A escravidão levou consigo ofícios e aparelhos, como terá sucedido a outras instituições sociais. Não cito alguns aparelhos senão por se ligarem a certo ofício. Um deles era o ferro ao pescoço, outro o ferro ao pé; havia também a máscara de folha-de-flandres. A máscara fazia perder o vício da embriaguez aos escravos, por lhes tapar a boca. Tinha só três buracos, dois para ver, um para respirar, e era fechada atrás da cabeça por um cadeado. Com o vício de beber. perdiam a tentação de furtar, porque geralmente era dos vinténs do senhor que eles tiravam com que matar a sede, e aí ficavam dois pecados extintos, e a sobriedade e a honestidade certas. Era grotesca tal máscara, mas a ordem social e humana nem sempre se alcança sem o grotesco, e alguma vez o cruel. Os funileiros as tinham penduradas, à venda, na porta das lojas. Mas não cuidemos de máscaras.

O ferro ao pescoço era aplicado aos escravos fujões. Imaginai uma coleira grossa, com a haste grossa também à direita ou à esquerda, até o alto da cabeça e fechada atrás com chave. Pesava, naturalmente, mas era menos castigo que sinal. Escravo que fugia assim, onde quer que andasse, mostrava um reincidente, e com pouco era pegado.

Há meio século, os escravos fugiam com frequência. Eram muitos, e nem todos gostavam da escravidão. Sucedia ocasionalmente apanharem pancada, e nem todos gostavam de apanhar pancada. Grande parte era apenas repreendida; havia alguém de casa que servia de padrinho, e o mesmo dono não era mau; além disso, o sentimento da propriedade moderava a ação, porque dinheiro também dói. A fuga repetia-se, entretanto. Casos houve, ainda que raros, em que o escravo de contrabando, apenas comprado no Valongo, deitava a correr, sem conhecer as ruas da cidade. Dos que seguiam para casa, não raro, apenas ladinos, pediam ao senhor que lhes marcasse aluguel, e iam ganhá-lo fora, quitandando.

Quem perdia um escravo por fuga dava algum dinheiro a quem lho levasse. Punha anúncios nas folhas públicas, com os sinais do fugido, o nome, a roupa, o defeito físico, se o tinha, o bairro por onde andava e a quantia de gratificação. Quando não vinha a quantia, vinha promessa: "gratificar-se-á generosamente" – ou "receberá uma boa gratificação". Muita vez o anúncio trazia em cima ou ao lado uma vinheta, figura de preto, descalço, correndo, vara ao ombro, e na ponta uma trouxa. Protestava-se com todo o rigor da lei contra quem o acoutasse.

Ora, pegar escravos fugidios era um ofício do tempo. Não seria nobre, mas por ser instrumento da força com que se mantêm a lei e a propriedade, trazia esta outra nobreza implícita das ações reivindicadoras. Ninguém se metia em tal ofício por desfastio ou estudo; a pobreza, a necessidade de uma achega, a inaptidão para outros trabalhos, o acaso, e alguma vez o gosto de servir também, ainda que por outra via, davam o impulso ao homem que se sentia bastante rijo para pôr ordem à desordem.

Cândido Neves – em família, Candinho – é a pessoa a quem se liga a história de uma fuga, cedeu à pobreza, quando adquiriu o ofício de pegar escravos fugidos. Tinha um defeito grave esse homem, não aguentava emprego nem ofício, carecia de estabilidade; é o que ele chamava caiporismo. Começou por querer aprender tipografia, mas viu cedo que era preciso algum tempo para compor bem, e ainda assim talvez não ganhasse o bastante; foi o que ele disse a si mesmo. O comércio chamou-lhe a atenção, era carreira boa. Com algum esforço entrou de caixeiro para um armarinho. A obrigação, porém, de atender e servir a todos feria-o na corda do orgulho, e ao cabo de cinco ou seis semanas estava na rua por sua vontade. Fiel de cartório, contínuo de uma repartição anexa ao Ministério do Império, carteiro e outros empregos foram deixados pouco depois de obtidos.

Quando veio a paixão da moça Clara, não tinha ele mais que dívidas, ainda que poucas, porque morava com um primo, entalhador de ofício. Depois de várias tentativas para obter emprego, resolveu adotar o ofício do primo, de que, aliás, já tomara algumas lições. Não lhe custou apanhar outras, mas, querendo aprender depressa, aprendeu mal. Não fazia obras finas nem complicadas, apenas garras para sofás e relevos comuns para cadeiras. Queria ter em que trabalhar quando casasse, e o casamento não se demorou muito.

Contava 30 anos. Clara 22. Ela era órfã, morava com uma tia, Mônica, e cosia com ela. Não cosia tanto que não namorasse o seu pouco, mas os namorados apenas queriam matar o tempo; não tinham outro empenho. Passavam às tardes, olhavam muito para ela, ela para eles, até que a noite a fazia recolher para a costura. O que ela notava é que nenhum deles lhe deixava saudades nem lhe acendia desejos.

Talvez nem soubesse o nome de muitos. Queria casar, naturalmente. Era, como lhe dizia a tia, um pescar de caniço, a ver se o peixe pegava, mas o peixe passava de longe; algum que parasse, era só para andar à roda da isca, mirá-la, cheirá-la, deixá-la e ir a outras.

O amor traz sobrescritos. Quando a moça viu Cândido Neves, sentiu que era este o possível marido, o marido verdadeiro e único. O encontro deu-se em um baile; tal foi – para lembrar o primeiro ofício do namorado –, tal foi a página inicial daquele livro, que tinha de sair mal composto e pior brochado. O casamento fez-se onze meses depois, e foi a mais bela festa das relações dos noivos. Amigas de Clara, menos por amizade que por inveja, tentaram arredá-la do passo que ia dar. Não negavam a gentileza do noivo, nem o amor que lhe tinha, nem ainda algumas virtudes; diziam que era dado em demasia a patuscadas.

– Pois ainda bem – replicava a noiva –; ao menos, não caso com defunto. Não, defunto não; mas é que...

Não diziam o que era. Tia Mônica, depois do casamento, na casa pobre onde eles se foram abrigar, falou-lhes uma vez nos filhos possíveis. Eles queriam um, um só, embora viesse agravar a necessidade.

– Vocês, se tiverem um filho, morrem de fome – disse a tia à sobrinha.

– Nossa Senhora nos dará de comer, acudiu Clara. Tia Mônica devia ter-lhes feito a advertência, ou ameaça, quando ele lhe foi pedir a mão da moça; mas também ela era amiga de patuscadas, e o casamento seria uma festa, como foi.

A alegria era comum aos três. O casal ria a propósito de tudo. Os mesmos nomes eram objeto de trocados, Clara, Neves, Cândido; não davam que comer, mas davam que rir, e o riso digeria-se sem esforço.

Ela cosia agora mais, ele saía a empreitadas de uma cousa e outra; não tinha emprego certo.

Nem por isso abriam mão do filho. O filho é que, não sabendo daquele desejo específico, deixava-se estar escondido na eternidade. Um dia. porém, deu sinal de si a criança; varão ou fêmea, era o fruto abençoado que viria trazer ao casal a suspirada ventura. Tia Mônica ficou desorientada, Cândido e Clara riram dos seus sustos.

— Deus nos há de ajudar, titia — insistia a futura mãe.

A notícia correu de vizinha a vizinha. Não houve mais que espreitar a aurora do dia grande. A esposa trabalhava agora com mais vontade, e assim era preciso, uma vez que, além das costuras pagas, tinha de ir fazendo com retalhos o enxoval da criança. À força de pensar nela, vivia já com ela, media-lhe fraldas, cosia-lhe camisas. A porção era escassa, os intervalos longos. Tia Mônica ajudava, é certo, ainda que de má vontade.

— Vocês verão a triste vida — suspirava ela.

— Mas as outras crianças não nascem também? — perguntou Clara.

— Nascem, e acham sempre alguma cousa certa que comer, ainda que pouco...

— Certa como?

— Certa, um emprego, um ofício, uma ocupação, mas em que é que o pai dessa infeliz criatura que aí vem gasta o tempo?

Cândido Neves, logo que soube daquela advertência, foi ter com a tia, não áspero, mas muito menos manso que de costume, e lhe perguntou se já algum dia deixara de comer.

— A senhora ainda não jejuou senão pela semana santa, e isso mesmo quando não quer jantar comigo. Nunca deixamos de ter o nosso bacalhau...

— Bem sei, mas somos três.

— Seremos quatro.

— Não é a mesma cousa.

— Que quer então que eu faça, além do que faço?

— Alguma cousa mais certa. Veja o marceneiro da esquina, o homem do armarinho, o tipógrafo que casou sábado, todos têm um emprego certo... Não fique zangado; não digo que você seja vadio, mas a ocupação que escolheu é vaga. Você passa semanas sem vintém.

— Sim, mas lá vem uma noite que compensa tudo, até de sobra. Deus não me abandona, e preto fugido sabe que comigo não brinca; quase nenhum resiste, muitos entregam-se logo.

Tinha glória nisto, falava da esperança como de capital seguro. Daí a pouco ria, e fazia rir à tia, que era naturalmente alegre, e previa uma patuscada no batizado.

Cândido Neves perdera já o ofício de entalhador, como abrira mão de outros muitos, melhores ou piores. Pegar escravos fugidos trouxe-lhe um encanto novo. Não obrigava a estar longas horas sentado. Só exigia força, olho vivo, paciência, coragem e um pedaço de corda. Cândido Neves lia os anúncios, copiava-os, metia-os no bolso e saía às pesquisas. Tinha boa memória. Fixados os sinais e os costumes de um escravo fugido, gastava pouco tempo em achá-lo, segurá-lo, amarrá-lo e levá-lo. A força era muita, a agilidade também. Mais de uma vez, a uma esquina, conversando de cousas remotas, via passar um escravo como os outros, e descobria logo que ia fugido, quem era, o nome, o dono, a casa deste e a gratificação; interrompia a conversa e ia atrás do vicioso. Não o apanhava logo, espreitava lugar azado, e de um salto tinha a gratificação nas mãos. Nem sempre saía sem sangue, as unhas e os dentes do outro trabalhavam, mas geralmente ele os vencia sem o menor arranhão.

Um dia os lucros entraram a escassear. Os escravos fugidos não vinham já, como dantes, meter-se nas mãos de Cândido Neves. Havia mãos novas e hábeis. Como o negócio crescesse, mais de um desempregado pegou em si e numa corda, foi aos jornais, copiou anúncios e deitou-se à caçada. No próprio bairro havia mais de um competidor. Quer dizer que as dívidas de Cândido Neves começaram de subir, sem aqueles pagamentos prontos ou quase prontos dos primeiros tempos. A vida fez-se difícil e dura. Comia-se fiado e mal; comia-se tarde. O senhorio mandava pelos aluguéis.

Clara não tinha sequer tempo de remendar a roupa ao marido, tanta era a necessidade de coser para fora. Tia Mônica ajudava a sobrinha, naturalmente. Quando ele chegava à tarde, via-se-lhe pela cara que não trazia vintém. Jantava e saía outra vez, à cata de algum fugido. Já lhe sucedia, ainda que raro, enganar-se de pessoa, e pegar em escravo fiel que ia a serviço de seu senhor; tal era a cegueira da necessidade. Certa vez capturou um preto livre; desfez-se em desculpas, mas recebeu grande soma de murros que lhe deram os parentes do homem.

– É o que lhe faltava! – exclamou a tia Mônica, ao vê-lo entrar, e depois de ouvir narrar o equívoco e suas consequências. – Deixe-se disso, Candinho; procure outra vida, outro emprego.

Cândido quisera efetivamente fazer outra cousa, não pela razão do conselho, mas por simples gosto de trocar de ofício; seria um modo de mudar de pele ou de pessoa. O pior é que não achava à mão negócio que aprendesse depressa.

A natureza ia andando, o feto crescia, até fazer-se pesado à mãe, antes de nascer. Chegou o oitavo mês, mês de angústias e necessidades, menos ainda que o nono, cuja narração dispenso também. Melhor é dizer somente os seus efeitos. Não podiam ser mais amargos.

– Não, tia Mônica! – bradou Candinho, recusando um conselho que me custa escrever, quanto mais ao pai ouvi-lo. Isso nunca!

Foi na última semana do derradeiro mês que a tia Mônica deu ao casal o conselho de levar a criança que nascesse à Roda dos enjeitados. Em verdade, não podia haver palavra mais dura de tolerar a dois jovens pais que espreitavam a criança, para beijá-la, guardá-la, vê-la rir, crescer, engordar, pular... Enjeitar quê? enjeitar como? Candinho arregalou os olhos para a tia, e acabou dando um murro na mesa de jantar. A mesa, que era velha e desconjuntada, esteve quase a se desfazer inteiramente. Clara interveio.

– Titia não fala por mal, Candinho.

– Por mal? – replicou tia Mônica. Por mal ou por bem, seja o que for, digo que é o melhor que vocês podem fazer. Vocês devem tudo; a carne e o feijão vão faltando. Se não aparecer algum dinheiro, como é que a família há de aumentar? E depois, há tempo; mais tarde, quando o senhor tiver a vida mais segura, os filhos que vierem serão recebidos com o mesmo cuidado que este ou maior. Este será bem criado, sem lhe faltar nada. Pois então a Roda é alguma praia ou monturo? Lá não se mata ninguém, ninguém morre à toa, enquanto que aqui é certo morrer, se viver à míngua. Enfim...

Tia Mônica terminou a frase com um gesto de ombros, deu as costas e foi meter-se na alcova. Tinha já insinuado aquela solução, mas era a primeira vez que o fazia com tal franqueza e calor – crueldade, se preferes. Clara estendeu a mão ao marido, como a amparar-lhe o ânimo; Cândido Neves fez uma careta, e chamou maluca à tia, em voz baixa. A ternura dos dois foi interrompida por alguém que batia à porta da rua.

– Quem é? – perguntou o marido. – Sou eu.

Era o dono da casa, credor de três meses de aluguel, que vinha em pessoa ameaçar o inquilino. Este quis que ele entrasse.

– Não é preciso... Faça favor.

O credor entrou e recusou sentar-se, deitou os olhos à mobília para ver se daria algo à penhora; achou que pouco. Vinha receber os aluguéis vencidos, não podia esperar mais; se dentro de cinco dias não fosse pago, pô-lo-ia na rua. Não havia trabalhado para regalo dos outros. Ao vê-lo, ninguém diria que era proprietário; mas a palavra supria o que faltava ao gesto, e o pobre Cândido Neves preferiu calar a retorquir. Fez uma inclinação de promessa e súplica ao mesmo tempo. O dono da casa não cedeu mais.

– Cinco dias ou rua! – repetiu, metendo a mão no ferrolho da porta e saindo.

Candinho saiu por outro lado. Nesses lances não chegava nunca ao desespero, contava com algum empréstimo, não sabia como nem onde, mas contava. Demais, recorreu aos anúncios. Achou vários, alguns já velhos, mas em vão os buscava desde muito. Gastou algumas horas sem proveito, e tornou para casa. Ao fim de quatro dias, não achou recursos; lançou mão de empenhos, foi a pessoas amigas do proprietário, não alcançando mais que a ordem de mudança.

A situação era aguda. Não achavam casa, nem contavam com pessoa que lhes emprestasse alguma; era ir para a rua. Não contavam com a tia. Tia Mônica teve arte de alcançar aposento para os três em casa de uma senhora velha e rica, que lhe prometeu emprestar os quartos baixos da casa, ao fundo da cocheira, para os lados de um pátio.

Teve ainda a arte maior de não dizer nada aos dois, para que Cândido Neves, no desespero da crise começasse por enjeitar o filho e acabasse alcançando algum meio seguro e regular de obter dinheiro; emendar a vida, em suma. Ouvia as queixas de Clara, sem as repetir, é certo, mas sem as consolar. No dia em que fossem obrigados a deixar a casa, fá-los-ia espantar com a notícia do obséquio e iriam dormir melhor do que cuidassem.

Assim sucedeu. Postos fora da casa, passaram ao aposento de favor, e dois dias depois nasceu a criança. A alegria do pai foi enorme, e a tristeza também. Tia Mônica insistiu em dar a criança à Roda. "Se você não a quer levar, deixe isso comigo; eu vou à Rua dos Barbonos." Cândido Neves pediu que não, que esperasse, que ele mesmo a levaria. Notai que era um menino, e que ambos os pais desejavam justamente este sexo. Mal lhe deram algum leite; mas, como chovesse à noite, assentou o pai levá-lo à Roda na noite seguinte.

Naquela reviu todas as suas notas de escravos fugidos. As gratificações pela maior parte eram promessas; algumas traziam a soma escrita e escassa. Uma, porém, subia a cem mil-réis. Tratava-se de uma mulata; vinham indicações de gesto e de vestido.

Cândido Neves andara a pesquisá-la sem melhor fortuna, e abrira mão do negócio; imaginou que algum amante da escrava a houvesse recolhido. Agora, porém, a vista nova da quantia e a necessidade dela animaram Cândido Neves a fazer um grande esforço derradeiro. Saiu de manhã a ver e indagar pela Rua e Largo da Carioca, Rua do Parto e da Ajuda, onde ela parecia andar, segundo o anúncio. Não a achou; apenas um farmacêutico da Rua da Ajuda se lembrava de ter vendido uma onça de qualquer droga, três dias antes, à pessoa que tinha os sinais indicados. Cândido Neves parecia falar como dono da escrava, e agradeceu cortesmente a notícia. Não foi mais feliz com outros fugidos de gratificação incerta ou barata.

Voltou para a triste casa que lhe haviam emprestado. Tia Mônica arranjara de si mesma a dieta para a recente mãe, e tinha já o menino para ser levado à Roda. O pai, não obstante o acordo feito, mal pôde esconder a dor do espetáculo. Não quis comer o que tia Mônica lhe guardara; não tinha fome, disse, e era verdade. Cogitou mil modos de ficar com o filho; nenhum prestava. Não podia esquecer o próprio albergue em que vivia. Consultou a mulher, que se mostrou resignada. Tia Mônica pintara-lhe a criação do menino; seria maior a miséria, podendo suceder que o filho achasse a morte sem recurso. Cândido Neves foi obrigado a cumprir a promessa; pediu à mulher que desse ao filho o resto do leite que ele beberia da mãe. Assim se fez; o pequeno adormeceu, o pai pegou dele, e saiu na direção da Rua dos Barbonos.

Que pensasse mais de uma vez em voltar para casa com ele, é certo; não menos certo é que o agasalhava muito, que o beijava, que cobria o rosto para preservá-lo do sereno. Ao entrar na Rua da Guarda Velha, Cândido Neves começou a afrouxar o passo. – Hei de entregá-lo o mais tarde que puder, murmurou ele. Mas não sendo a rua infinita ou sequer longa, viria a acabá-la; foi então que lhe ocorreu entrar por um dos becos que ligavam aquela à Rua da Ajuda. Chegou ao fim do beco e, indo a dobrar à direita, na direção do Largo da Ajuda, viu do lado oposto um vulto de mulher; era a mulata fugida. Não dou aqui a comoção de Cândido Neves por não podê-lo fazer com a intensidade real. Um adjetivo basta; digamos enorme. Descendo a mulher, desceu ele também; a poucos passos estava a farmácia onde obtivera a informação, que referi acima. Entrou, achou o farmacêutico, pediu-lhe a fineza de guardar a criança por um instante; viria buscá-la sem falta.

– Mas...

Cândido Neves não lhe deu tempo de dizer nada; saiu rápido, atravessou a rua, até o ponto em que pudesse pegar a mulher sem dar alarma. No extremo da rua, quando ela ia a descer a de S. José, Cândido Neves aproximou-se dela. Era a mesma, era a mulata fujona. – Arminda! bradou, conforme a nomeava o anúncio.

Arminda voltou-se sem cuidar malícia. Foi só quando ele, tendo tirado o pedaço de corda da algibeira, pegou dos braços da escrava, que ela compreendeu e quis fugir. Era já impossível. Cândido Neves, com as mãos robustas, atava-lhe os pulsos e dizia que andasse. A escrava quis gritar, parece que chegou a soltar alguma voz mais alta que de costume, mas entendeu logo que ninguém viria libertá-la, ao contrário. Pediu então que a soltasse pelo amor de Deus.

– Estou grávida, meu senhor! – exclamou. – Se Vossa Senhoria tem algum filho, peço-lhe por amor dele que me solte; eu serei tua escrava, vou servi-lo pelo tempo que quiser. Me solte, meu senhor moço!

– Siga! repetiu Cândido Neves.

– Me solte!

– Não quero demoras; siga!

Houve aqui luta, porque a escrava, gemendo, arrastava-se a si e ao filho. Quem passava ou estava à porta de uma loja, compreendia o que era e naturalmente não acudia.

Arminda ia alegando que o senhor era muito mau, e provavelmente a castigaria com açoutes, – cousa que, no estado em que ela estava, seria pior de sentir. Com certeza, ele lhe mandaria dar açoutes.

– Você é que tem culpa. Quem lhe manda fazer filhos e fugir depois? – perguntou Cândido Neves.

Não estava em maré de riso, por causa do filho que lá ficara na farmácia, à espera dele. Também é certo que não costumava dizer grandes cousas. Foi arrastando a escrava pela Rua dos Ourives, em direção à da Alfândega, onde residia o senhor. Na esquina desta a luta cresceu; a escrava pôs os pés à parede, recuou com grande esforço, inutilmente. O que alcançou foi, apesar de ser a casa próxima, gastar mais tempo em lá chegar do que devera. Chegou, enfim, arrastada, desesperada, arquejando. Ainda ali ajoelhou-se, mas em vão. O senhor estava em casa, acudiu ao chamado e ao rumor.

– Aqui está a fujona – disse Cândido Neves.

– É ela mesma.

– Meu senhor!

– Anda, entra...

Arminda caiu no corredor. Ali mesmo o senhor da escrava abriu a carteira e tirou os cem mil-réis de gratificação. Cândido Neves guardou as duas notas de 50 mil-réis, enquanto o senhor novamente dizia à escrava que entrasse. No chão, onde jazia, levada do medo e da dor, e após algum tempo de luta a escrava abortou.

O fruto de algum tempo entrou sem vida neste mundo, entre os gemidos da mãe e os gestos de desespero do dono. Cândido Neves viu todo esse espetáculo. Não sabia que horas eram. Quaisquer que fossem, urgia correr à Rua da Ajuda, e foi o que ele fez sem querer conhecer as consequências do desastre.

Quando lá chegou, viu o farmacêutico sozinho, sem o filho que lhe entregara. Quis esganá-lo. Felizmente, o farmacêutico explicou tudo a tempo; o menino estava lá dentro com a família, e ambos entraram. O pai recebeu o filho com a mesma fúria com que pegara a escrava fujona de há pouco, fúria diversa, naturalmente, fúria de amor.

Agradeceu depressa e mal, e saiu às carreiras, não para a Roda dos enjeitados, mas para a casa de empréstimo com o filho e os cem mil-réis de gratificação. Tia Mônica, ouvida a explicação, perdoou a volta do pequeno, uma vez que trazia os cem mil-réis. Disse, é verdade, algumas palavras duras contra a escrava, por causa do aborto, além da fuga.

Cândido Neves, beijando o filho, entre lágrimas, verdadeiras, abençoava a fuga e não se lhe dava do aborto.

– Nem todas as crianças vingam – bateu-lhe o coração.

MARIA CORA

CAPÍTULO PRIMEIRO

Uma noite, voltando para casa, trazia tanto sono que não dei corda ao relógio. Pode ser também que a vista de uma senhora que encontrei em casa do comendador T... contribuísse para aquele esquecimento; mas estas duas razões destroem-se. Cogitação tira o sono e o sono impede a cogitação; só uma das causas devia ser verdadeira.

Ponhamos que nenhuma, e fiquemos no principal, que é o relógio parado, de manhã, quando me levantei, ouvindo dez horas no relógio da casa.

Morava então (1893) em uma casa de pensão no Catete. Já por esse tempo este gênero de residência florescia no Rio de Janeiro. Aquela era pequena e tranquila. Os 400 contos de réis permitiam-me casa exclusiva e própria; mas, em primeiro lugar, já eu ali residia quando os adquiri, por jogo de praça; em segundo lugar, era um solteirão de 40 anos, tão afeito à vida de hospedaria que me seria impossível morar só. Casar não era menos impossível. Não é que me faltassem noivas. Desde os fins de 1891 mais de uma dama – e não das menos belas – olhou para mim com olhos brandos e amigos. Uma das filhas do comendador tratava-me com particular atenção. A nenhuma dei corda, o celibato era a minha alma, a minha vocação, o meu costume, a minha única ventura. Amaria de empreitada e por desfastio. Uma ou duas aventuras por ano bastavam a um coração meio inclinado ao ocaso e à noite.

Talvez por isso dei alguma atenção à senhora que vi em casa do comendador, na véspera. Era uma criatura morena, robusta, 28 a 30 anos, vestida de escuro; entrou às dez horas, acompanhada de uma tia velha. A recepção que lhe fizeram foi mais cerimoniosa que as outras; era a primeira vez que ali ia. Eu era a terceira.

Perguntei se era viúva.

– Não; é casada.

– Com quem?

– Com um estancieiro do Rio Grande.

– Chama-se?

– Ele? Fonseca, ela Maria Cora.

– O marido não veio com ela?

– Está no Rio Grande.

Não soube mais nada; mas a figura da dama interessou-me pelas graças físicas, que eram o oposto do que poderiam sonhar poetas românticos e artistas seráficos. Conversei com ela alguns minutos, sobre cousas indiferentes, mas suficientes para escutar-lhe a voz, que era musical, e saber que tinha opiniões republicanas. Vexou-me confessar que não as professava de espécie alguma; declarei-me vagamente pelo futuro do país.

Quando ela falava, tinha um modo de umedecer os beiços, não sei se casual, mas gracioso e picante. Creio que, vistas assim ao pé, as feições não eram tão corretas como pareciam a distância, mas eram mais suas, mais originais.

CAPÍTULO II

De manhã tinha o relógio parado. Chegando à cidade, desci a rua do Ouvidor, até a da Quitanda, e indo a voltar à direita, para ir ao escritório do meu advogado, lembrou-me ver que horas eram. Não me acudiu que o relógio estava parado.

– Que maçada! – exclamei.

Felizmente, naquela mesma rua da Quitanda, à esquerda, entre as do Ouvidor e do Rosário, era a oficina onde eu comprara o relógio, e a cuja pêndula usava acertá-lo. Em vez de ir para um lado, fui para outro. Era apenas meia hora; dei corda ao relógio, acertei-o, troquei duas palavras com o oficial que estava ao balcão, e indo a sair, vi à porta de uma loja de novidades que ficava defronte, nem mais nem menos que a senhora de escuro que encontrara em casa do comendador. Cumprimentei-a, ela correspondeu depois de alguma hesitação, como se me não houvesse reconhecido logo, e depois seguiu pela rua da Quitanda fora, ainda para o lado esquerdo.

Como tivesse algum tempo ante mim (pouco menos de trinta minutos), dei-me a andar atrás de Maria Cora. Não digo que uma força violenta me levasse já, mas não posso esconder que cedia a qualquer impulso de curiosidade e desejo; era também um resto da juventude passada. Na rua, andando, vestida de escuro, como na véspera, Maria Cora pareceu-me ainda melhor. Pisava forte, não apressada nem lenta, o bastante para deixar ver e admirar as belas formas, mui mais corretas que as linhas do rosto. Subiu a Rua do Hospício, até uma oficina de ocularista, onde entrou e ficou dez minutos ou mais.

Deixei-me estar a distância, fitando a porta disfarçadamente. Depois saiu, arrepiou caminho, e dobrou a rua dos Ourives, até à do Rosário, por onde subiu até o Largo da Sé; daí passou ao de S. Francisco de Paula. Todas essas reminiscências parecerão escusadas, senão aborrecíveis; a mim dão-me uma sensação intensa e particular, são os primeiros passos de uma carreira penosa e longa. Demais, vereis por aqui que ela evitava subir a rua do Ouvidor, que todos e todas buscariam àquela ou a outra hora para ir ao Largo de S. Francisco de Paula. Foi atravessando o largo, na direção da Escola Politécnica, mas a meio caminho veio ter com ela um carro que estava parado defronte da Escola; meteu-se nele, e o carro partiu.

A vida tem suas encruzilhadas, como outros caminhos da terra. Naquele momento achei-me diante de uma assaz complicada, mas não tive tempo de escolher direção – nem tempo nem liberdade. Ainda agora não sei como é que me vi dentro de um tílburi, é certo que me vi nele, dizendo ao cocheiro que fosse atrás do carro.

Maria Cora morava no Engenho Velho; era uma boa casa, sólida, posto que antiga, dentro de uma chácara. Vi que morava ali, porque a tia estava a uma das janelas.

Depois, saindo do carro, Maria Cora disse ao cocheiro (o meu tílburi ia passando adiante) que naquela semana não sairia mais, e que aparecesse segunda-feira ao meio-dia. Em seguida, entrou pela chácara, como dona dela, e parou a falar ao feitor, que lhe explicava alguma cousa com o gesto.

Voltei depois que ela entrou em casa, e só muito abaixo é que me lembrou de ver as horas, era quase uma e meia. Vim a trote largo até a rua da Quitanda, onde me apeei à porta do advogado.

– Pensei que não vinha – disse-me ele.

– Desculpe, doutor, encontrei um amigo que me deu uma maçada. Não era a primeira vez que mentia na minha vida, nem seria a última.

CAPÍTULO III

Fiz-me encontradiço com Maria Cora, na casa do comendador, primeiro, e depois em outras. Maria Cora não vivia absolutamente reclusa, dava alguns passeios e fazia visitas. Também recebia, mas sem dia certo, uma ou outra vez, e apenas cinco a seis pessoas da intimidade. O sentimento geral é que era pessoa de fortes sentimentos e austeros costumes. Acrescentai a isto o espírito, um espírito agudo, brilhante e viril.

Capaz de resistências e fadigas, não menos que de violências e combates, era feita, como dizia um poeta que lá ia à casa dela, "de um pedaço de pampa e outro de pampeiro". A imagem era em verso e com rima, mas a mim só me ficou a ideia e o principal das palavras. Maria Cora gostava de ouvir definir-se assim, posto não andasse mostrando aquelas forças a cada passo, nem contando as suas memórias da adolescência. A tia é que contava algumas, com amor, para concluir que lhe saía a ela, que também fora assim na mocidade. A justiça pede que se diga que, ainda agora, apesar de doente, a tia era pessoa de muita vida e robustez.

Com pouco, apaixonei-me pela sobrinha. Não me pesa confessá-lo, pois foi a ocasião da única página da minha vida que merece atenção particular. Vou narrá-la brevemente; não conto novela nem direi mentiras.

Gostei de Maria Cora. Não lhe confiei logo o que sentia, mas é provável que ela o percebesse ou adivinhasse, como todas as mulheres. Se a descoberta ou adivinhação foi anterior à minha ida à casa do Engenho Velho, nem assim deveis censurá-la por me haver convidado a ir ali uma noite. Podia ser-lhe então indiferente a minha disposição moral, podia também gostar de se sentir querida, sem a menor ideia de retribuição. A verdade é que fui essa noite e tornei outras, a tia gostava de mim e dos meus modos. O poeta que lá ia, tagarela e tonto, disse uma vez que estava afinando a lira para o casamento da tia comigo. A tia riu-se; eu, que queria as boas graças dela, não podia deixar de rir também, e o caso foi matéria de conversação por uma semana; mas já então o meu amor à outra tinha atingido ao cume.

Soube, pouco depois, que Maria Cora vivia separada do marido. Tinham casado oito anos antes, por verdadeira paixão. Viveram felizes cinco. Um dia, sobreveio uma aventura do marido que destruiu a paz do casal. João da Fonseca apaixonou-se por uma figura de circo, uma chilena que voava em cima do cavalo, Dolores, e deixou a estância para ir atrás dela. Voltou seis meses depois, curado do amor, mas curado à força, porque a aventureira se enamorou do redator de um jornal, que não tinha vintém, e por ele abandonou Fonseca e a sua prataria. A esposa tinha jurado não aceitar mais o esposo, e tal foi a declaração que lhe fez quando ele apareceu na estância.

– Tudo está acabado entre nós; vamos desquitar-nos.

João da Fonseca teve um primeiro gesto de acordo; era um quadragenário orgulhoso, para quem tal proposta era de si mesma uma ofensa. Durante uma noite tratou dos preparativos para o desquite; mas, na seguinte manhã, a vista das graças da esposa novamente o comoveu. Então, sem tom implorativo, antes como quem lhe perdoava, entendeu dizer-lhe que deixasse passar uns seis meses. Se ao fim de seis meses, persistisse o sentimento atual que inspirava a proposta do desquite, este se faria. Maria Cora não queria aceitar a emenda, mas a tia, que residia em Porto Alegre e fora passar algumas semanas na estância, interveio com boas palavras. Antes de três meses estavam reconciliados.

– João – disse-lhe a mulher no dia seguinte ao da reconciliação –, você deve ver que o meu amor é maior que o meu ciúme, mas fica entendido que este caso da nossa vida é único. Nem você me fará outra, nem eu lhe perdoarei nada mais.

João da Fonseca achava-se então em um renascimento do delírio conjugal; respondeu à mulher jurando tudo e mais alguma cousa. "Aos 40 anos, concluiu ele, não se fazem duas aventuras daquelas, e a minha foi de doer. Você verá, agora é para sempre."

A vida recomeçou tão feliz, como dantes – ele dizia que mais. Com efeito, a paixão da esposa era violenta, e o marido tornou a amá-la como outrora. Viveram assim dois anos. Ao fim desse tempo, os ardores do marido haviam diminuído, alguns amores passageiros vieram meter-se entre ambos. Maria Cora, ao contrário do que lhe dissera, perdoou essas faltas, que, aliás, não tiveram a extensão nem o vulto da aventura com Dolores. Os desgostos, entretanto, apareceram e grandes. Houve cenas violentas. Ela parece que chegou mais de uma vez a ameaçar que se mataria; mas, posto não lhe faltasse o preciso ânimo, não fez tentativa nenhuma, a tal ponto lhe doía deixar a própria causa do mal, que era o marido. João da Fonseca percebeu isto mesmo, e acaso explorou a fascinação que exerce na mulher.

Uma circunstância política veio complicar esta situação moral. João da Fonseca era pelo lado da revolução, dava-se com vários dos seus chefes, e pessoalmente detestava alguns dos contrários. Maria Cora, por laços de família, era adversa aos federalistas. Esta oposição de sentimentos não seria bastante para separá-los, nem se pode dizer que, por si mesma, azedasse a vida dos dois. Embora a mulher, ardente em tudo, não o fosse menos em condenar a revolução, chamando nomes crus aos seus chefes e oficiais; embora o marido, também excessivo, replicasse com igual ódio, os seus arrufos políticos apenas aumentariam os domésticos, e provavelmente não passariam dessa troca de conceitos, se uma nova Dolores, desta vez Prazeres, e não chilena nem saltimbanca, não revivesse os dias amargos de outro tempo. Prazeres era ligada ao partido da revolução, não só pelos sentimentos, como pelas relações da vida com um federalista. Eu a conheci pouco depois, era bela e airosa; João da Fonseca era também um homem gentil e sedutor. Podiam amar-se fortemente, e assim foi. Vieram incidentes, mais ou menos graves, até que um decisivo determinou a separação do casal.

Já cuidavam disto desde algum tempo, mas a reconciliação não seria impossível, apesar da palavra de Maria Cora, graças à intervenção da tia; esta havia insinuado à sobrinha que residisse três ou quatro meses no Rio de Janeiro ou em S. Paulo. Sucedeu, porém, uma cousa triste de dizer. O marido, em um momento de desvario, ameaçou a mulher com o rebenque. Outra versão diz que ele tentara esganá-la. Quero crer que a verídica é a primeira, e que a segunda foi inventada para tirar à violência de João da Fonseca o que pudesse haver deprimente e vulgar. Maria Cora não disse mais uma só palavra ao marido. A separação foi imediata, a mulher veio com a tia para o Rio de Janeiro, depois de arranjados amigavelmente os interesses pecuniários. Demais, a tia era rica.

João da Fonseca e Prazeres ficaram vivendo juntos uma vida de aventuras que não importa escrever aqui. Só uma cousa interessa diretamente à minha narração. Tempos depois da separação do casal, João da Fonseca estava alistado entre os revolucionários. A paixão política, posto que forte, não o levaria a pegar em armas, se não fosse uma espécie de desafio da parte de Prazeres; assim correu entre os amigos dele, mas ainda este ponto é obscuro. A versão é que ela, exasperada com o resultado de alguns combates, disse ao estancieiro que iria, disfarçada em homem, vestir farda de soldado e bater-se pela revolução. Era capaz disto; o amante disse-lhe que era uma loucura, ela acabou propondo-lhe que, nesse caso, fosse ele bater-se em vez dela, era uma grande prova de amor que lhe daria.

– Não te tenho dado tantas?

– Tem, sim; mas esta é a maior de todas, esta me fará cativa até a morte.

– Então agora ainda não é até a morte? – perguntou ele, rindo.

– Não.

Pode ser que as cousas se passassem assim. Prazeres era, com efeito, uma mulher caprichosa e imperiosa, e sabia prender um homem por laços de ferro. O federalista, de quem se separou para acompanhar João da Fonseca, depois de fazer tudo para reavê-la, passou à campanha oriental, onde dizem que vive pobremente, encanecido e envelhecido vinte anos, sem querer saber de mulheres nem de política. João da Fonseca acabou cedendo; ela pediu para acompanhá-lo, e até bater-se, se fosse preciso; ele negou-lho. A revolução triunfaria em breve, disse; vencidas as forças do governo, tornaria à estância, onde ela o esperaria.

– Na estância, não – respondeu Prazeres –; espero-te em Porto Alegre.

CAPÍTULO IV

Não importa dizer o tempo que despendi nos inícios da minha paixão, mas não foi grande. A paixão cresceu rápida e forte. Afinal senti-me tão tomado dela que não pude mais guardá-la comigo, e resolvi declará-la uma noite; mas a tia, que usava cochilar desde às nove horas (acordava às quatro), daquela vez não pregou olho, e, ainda que o fizesse, é provável que eu não alcançasse falar; tinha a voz presa e, na rua, senti uma vertigem igual à que me deu a primeira paixão da minha vida.

– Sr. Correia, não vá cair – disse a tia quando eu passei à varanda, despedindo-me.

– Deixe estar, não caio.

Passei mal a noite; não pude dormir mais de duas horas, aos pedaços, e antes das cinco estava em pé.

– É preciso acabar com isto! – exclamei.

De fato, não parecia achar em Maria Cora mais que benevolência e perdão, mas era isso mesmo que a tornava apetecível. Todos os amores da minha vida tinham sido fáceis; em nenhum encontrei resistência, a nenhuma deixei com dor; alguma pena, é possível, e um pouco de recordação. Desta vez sentia-me tomado por ganchos de ferro. Maria Cora era toda vida; parece que, ao pé dela, as próprias cadeiras andavam e as figuras do tapete moviam os olhos. Põe nisso uma forte dose de meiguice e graça; finalmente, a ternura da tia fazia daquela criatura um anjo. É banal a comparação, mas não tenho outra.

Resolvi cortar o mal pela raiz, não tornando ao Engenho Velho, e assim fiz por alguns dias largos, duas ou três semanas. Busquei distrair-me e esquecê-la, mas foi em vão. Comecei a sentir a ausência como de um bem querido; apesar disso, resisti e não tornei logo. Mas, crescendo a ausência, cresceu o mal, e enfim resolvi tornar lá uma noite.

Ainda assim pode ser que não fosse, a não achar Maria Cora na mesma oficina da rua da Quitanda, aonde eu fora acertar o relógio parado.

– É freguês também? – perguntou-me ao entrar.

– Sou.

– Vim acertar o meu. Mas, por que não tem aparecido?

– É verdade, por que não voltou lá à casa? – completou a tia.

– Uns negócios, murmurei; mas hoje mesmo contava ir lá.

– Hoje não; vá amanhã, disse a sobrinha. Hoje vamos passar a noite fora.

Pareceu-me ler naquela palavra um convite a amá-la de vez, assim como a primeira trouxera um tom que presumi ser de saudade. Realmente, no dia seguinte, fui ao Engenho Velho. Maria Cora acolheu-me com a mesma boa vontade de antes. O poeta lá estava e contou-me em verso os suspiros que a tia dera por mim. Entrei a frequentá-las novamente e resolvi declarar tudo.

Já acima disse que ela provavelmente percebera ou adivinhara o que eu sentia, como todas as mulheres; referi-me aos primeiros dias. Desta vez com certeza percebeu, nem por isso me repeliu. Ao contrário, parecia gostar de se ver querida, muito e bem.

Pouco depois daquela noite escrevi-lhe uma carta e fui ao Engenho Velho. Achei-a um pouco retraída; a tia explicou-me que recebera notícias do Rio Grande que a afligiram. Não liguei isto ao casamento e busquei alegrá-la; apenas consegui vê-la cortês. Antes de sair, perto da varanda, entreguei-lhe a carta; ia a dizer-lhe: "Peço-lhe que leia", mas a voz não saiu. Vi-a um pouco atrapalhada, e para evitar dizer o que melhor ia escrito, cumprimentei-a e enfiei pelo jardim. Pode imaginar-se a noite que passei, e o dia seguinte foi naturalmente igual, à medida que a outra noite vinha. Pois, ainda assim, não tornei à casa dela; resolvi esperar três ou quatro dias, não que ela me escrevesse logo, mas que pensasse nos termos da resposta. Que estes haviam de ser simpáticos, era certeza minha; as maneiras dela, nos últimos tempos, eram mais que afáveis, pareciam-me convidativas.

Não cheguei, porém, aos quatro dias; mal pude esperar três. Na noite do terceiro fui ao Engenho Velho. Se disser que entrei trêmulo da primeira comoção, não minto. Achei-a ao piano, tocando para o poeta ouvir; a tia, na poltrona, pensava em não sei que, mas eu quase não a vi, tal a minha primeira alucinação.

– Entre, sr. Correia – disse esta –; não caia em cima de mim.

– Perdão...

Maria Cora não interrompeu a música; ao ver-me chegar, disse:

– Desculpe, se lhe não dou a mão, estou aqui servindo de musa a este senhor.

Minutos depois, veio a mim, e estendeu-me a mão com tanta galhardia, que li nela a resposta, e estive quase a dar-lhe um agradecimento. Passaram-se alguns minutos, quinze ou vinte. Ao fim desse tempo, ela pretextou um livro, que estava em cima das músicas, e pediu-me para dizer se o conhecia; fomos ali ambos, e ela abriu-mo; entre as duas folhas estava um papel.

– Na outra noite, quando aqui esteve, deu-me esta carta; não podia dizer-me o que tem dentro?

– Não adivinha?

– Posso errar na adivinhação.

– É isso mesmo.

– Bem, mas eu sou uma senhora casada, e nem por estar separada do meu marido deixo de estar casada.

O senhor ama-me, não é? Suponha, pelo melhor, que eu também o amo; nem por isso deixo de estar casada.

Dizendo isto, entregou-me a carta; não fora aberta. Se estivéssemos sós, é possível que eu lhe lesse, mas a presença de estranhos impedia-me este recurso. Demais, era desnecessário; a resposta de Maria Cora era definitiva ou me pareceu tal. Peguei na carta, e antes de a guardar comigo:

– Não quer então ler?

– Não.

– Nem para ver os termos?

– Não.

– Imagine que lhe proponho ir combater contra seu marido, matá-lo e voltar, disse eu cada vez mais tonto.

– Propõe isto?

– Imagine.

– Não creio que ninguém me ame com tal força – concluiu sorrindo. – Olhe, que estão reparando em nós.

Dizendo isto, separou-se de mim, e foi ter com a tia e o poeta. Eu fiquei ainda alguns segundos com o livro na mão, como se deveras o examinasse, e afinal deixei-o. Vim sentar-me defronte dela. Os três conversavam de cousas do Rio Grande, de combates entre federalistas e legalistas, e da vária sorte deles. O que eu então senti não se escreve; pelo menos, não o escrevo eu, que não sou romancista. Foi uma espécie de vertigem, um delírio, uma cena pavorosa e lúcida, um combate e uma glória. Imaginei-me no campo, entre uns e outros, combatendo os federalistas, e afinal matando João da Fonseca, voltando e casando-me com a viúva. Maria Cora contribuía para esta visão sedutora; agora, que me recusara a carta, parecia-me mais bela que nunca, e a isto acrescia que se não mostrava zangada nem ofendida, tratava-me com igual carinho que antes, creio até que maior. Disto podia sair uma impressão dupla e contrária, uma de aquiescência tácita, outra de indiferença, mas eu só via a primeira, e saí de lá completamente louco.

O que então resolvi foi realmente de louco. As palavras de Maria Cora: – "Não creio que ninguém me ame com tal força" – soavam-me aos ouvidos, como um desafio. Pensei nelas toda a noite, e no dia seguinte fui ao Engenho Velho; logo que tive ocasião de jurar-lhe a prova, fi-lo.

– Deixo tudo o que me interessa, a começar pela paz, com o único fim de lhe mostrar que a amo, e a quero só e santamente para mim. Vou combater a revolta.

Maria Cora fez um gesto de deslumbramento. Daquela vez percebi que realmente gostava de mim, verdadeira paixão, e se fosse viúva, não casava com outro. Jurei novamente que ia para o Sul. Ela, comovida, estendeu-me a mão. Estávamos em pleno romantismo. Quando eu nasci, os meus não acreditavam em outras provas de amor, e minha mãe contava-me os romances em versos de cavaleiros andantes que iam à Terra Santa libertar o sepulcro de Cristo por amor da fé e da sua dama. Estávamos em pleno romantismo.

CAPÍTULO V

Fui para o sul. Os combates entre legalistas e revolucionários eram contínuos e sangrentos, e a notícia deles contribuiu a animar-me. Entretanto, como nenhuma paixão política me animava a entrar na luta, força é confessar que por um instante me senti abatido e hesitei. Não era medo da morte, podia ser amor da vida, que é um sinônimo; mas, uma ou outra cousa, não foi tal nem tamanha que fizesse durar por muito tempo a hesitação. Na cidade do Rio Grande encontrei um amigo, a quem eu, por carta do Rio de Janeiro, dissera muito reservadamente que ia lá por motivos políticos. Quis saber quais.

– Naturalmente são reservados – respondi tentando sorrir.

– Bem; mas uma cousa creio que posso saber, uma só, porque não sei absolutamente o que pense a tal respeito, nada havendo antes que me instrua. De que lado estás, legalistas ou revoltosos?

– É boa! Se não fosse dos legalistas, não te mandaria dizer nada; viria às escondidas.

– Vens com alguma comissão secreta do marechal?

– Não.

Não me arrancou então mais nada, mas eu não pude deixar de lhe confiar os meus projetos, ainda que sem os seus motivos. Quando ele soube que aqueles eram alistar-me entre os voluntários que combatiam a revolução, não pôde crer em mim, e talvez desconfiasse que efetivamente eu levava algum plano secreto do presidente. Nunca da minha parte ouviu nada que pudesse explicar semelhante passo. Entretanto, não perdeu tempo em despersuadir-me; pessoalmente era legalista e falava dos adversários com ódio e furor. Passado o espanto, aceitou o meu ato, tanto mais nobre quanto não, era inspirado por sentimento de partido. Sobre isto disse-me muita palavra bela e heroica, própria a levantar o ânimo de quem já tivesse tendência para a luta. Eu não tinha nenhuma, fora das razões particulares; estas, porém, eram agora maiores. Justamente acabava de receber uma carta da tia de Maria Cora, dando-me notícias delas, e recomendações da sobrinha, tudo com alguma generalidade e certa simpatia verdadeira.

Fui a Porto Alegre, alistei-me a marchei para a campanha. Não disse a meu respeito nada que pudesse despertar a curiosidade de ninguém, mas era difícil encobrir a minha condição, a minha origem, a minha viagem com o plano de ir combater a revolução.

Fez-se logo uma lenda a meu respeito. Eu era um republicano antigo, riquíssimo, entusiasta, disposto a dar pela República mil vidas, se as tivesse, e resoluto a não poupar a única. Deixei dizer isto e o mais, e fui. Como eu indagasse das forças revolucionárias com que estaria João da Fonseca, alguém quis ver nisto uma razão de ódio pessoal; também não faltou quem me supusesse espião dos rebeldes, que ia por-me em comunicação secreta com aquele. Pessoas que sabiam das relações dele com a Prazeres, imaginavam que era um antigo amante desta que se queria vingar dos amores dele.

Todas aquelas suposições morreram, para só ficar a do meu entusiasmo político; a da minha espionagem ia-me prejudicando; felizmente, não passou de duas cabeças e de uma noite.

Levava comigo um retrato de Maria Cora; alcançara-o dela mesmo, uma noite, pouco antes do meu embarque, com uma pequena dedicatória cerimoniosa. Já disse que estava em pleno romantismo; dado o primeiro passo, os outros vieram de si mesmos. E agora juntai a isto o amor-próprio, e compreendereis que de simples cidadão indiferente da capital saísse um guerreiro áspero da campanha rio-grandense.

Nem por isso conto combates, nem escrevo para falar da revolução, que não teve nada comigo, por si mesma, senão pela ocasião que me dava, e por algum golpe que lhe desfechei na estreita área da minha ação. João da Fonseca era o meu rebelde. Depois de haver tomado parte no combate de Sarandi e Cochila Negra, ouvi que o marido de Maria Cora fora morto, não sei em que recontro; mais tarde deram-me a notícia de estar com as forças de Gumercindo, e também que fora feito prisioneiro e seguira para Porto Alegre; mas ainda isto não era verdade. Disperso, com dois camaradas, encontrei um dia um regimento legal que ia em defesa da Encruzilhada, investida ultimamente por uma força dos federalistas; apresentei-me ao comandante e segui. Aí soube que João da Fonseca estava entre essa força; deram-me todos os sinais dele, contaram-me a história dos amores e a separação da mulher.

A ideia de matá-lo no turbilhão de um combate tinha algo fantástico; nem eu sabia se tais duelos eram possíveis em semelhantes ocasiões, quando a força de cada homem tem de somar com a de toda uma força única e obediente a uma só direção. Também me pareceu, mais de uma vez, que ia cometer um crime pessoal, e a sensação que isto me dava, podeis crer que não era leve nem doce; mas a figura de Maria Cora abraçava-me e absolvia com uma bênção de felicidades. Atirei-me de vez. Não conhecia João da Fonseca; além dos sinais que me haviam dado, tinha de memória um retrato dele que vira no Engenho Velho; se as feições não estivessem mudadas, era provável que eu o reconhecesse entre muitos. Mas, ainda uma vez, seria este encontro possível? Os combates em que eu entrara, já me faziam desconfiar que não era fácil, ao menos.

Não foi fácil nem breve. No combate da Encruzilhada creio que me houve com a necessária intrepidez e disciplina, e devo aqui notar que eu me ia acostumando à vida da guerra civil. Os ódios que ouvia, eram forças reais. De um lado e outro batiam-se com ardor, e a paixão que eu sentia nos meus ia-se pegando em mim. Já lera o meu nome em uma ordem do dia. e de viva voz recebera louvores, que comigo não pude deixar de achar justos, e ainda agora tais os declaro. Mas vamos ao principal, que é acabar com isto.

Naquele combate achei-me um tanto como o herói de Stendhal na Batalha de Waterloo; a diferença é que o espaço foi menor. Por isso, e também porque não me quero deter em cousas de recordação fácil, direi somente que tive ocasião de matar em pessoa a João da Fonseca. Verdade é que escapei de ser morto por ele. Ainda agora trago na testa a cicatriz que ele me deixou. O combate entre nós foi curto. Se não parecesse romanesco demais, eu diria que João da Fonseca adivinhara o motivo e previra o resultado da ação.

Poucos minutos depois da luta pessoal, a um canto da vila, João da Fonseca caiu prostrado. Quis ainda lutar, e certamente lutou um pouco; eu é que não consenti na desforra, que podia ser a minha derrota, se é que raciocinei; creio que não. Tudo o que fiz foi cego pelo sangue em que o deixara banhado, e surdo pelo clamor e tumulto do combate. Matava-se, gritava-se, vencia-se; em pouco ficamos senhores do campo.

Quando vi que João da Fonseca morrera deveras, voltei ao combate por instantes; a minha ebriedade cessara um pouco, e os motivos primários tornaram a dominar-me, como se fossem únicos. A figura de Maria Cora apareceu-me como um sorriso de aprovação e perdão; tudo foi rápido.

Haveis de ter lido que ali se apreenderam três ou quatro mulheres. Uma destas era a Prazeres. Quando, acabado tudo, a Prazeres viu o cadáver do amante, fez uma cena que me encheu de ódio e de inveja. Pegou em si e deitou-se a abraçá-lo; as lágrimas que verteu, as palavras que disse, fizeram rir a uns; a outros, se não enterneceram, deram algum sentimento de admiração. Eu, como digo, achei-me tomado de inveja e ódio, mas também esse duplo sentimento desapareceu para não ficar nem admiração; acabei rindo. Prazeres, depois de honrar com dor a morte do amante, ficou sendo a federalista que já era; não vestia farda, como dissera ao desafiar João da Fonseca, quis ser prisioneira com os rebeldes e seguir com eles.

É claro que não deixei logo as forças, bati-me ainda algumas vezes, mas a razão principal dominou, e abri mão das armas. Durante o tempo em que estive alistado, só escrevi duas cartas a Maria Cora, uma pouco depois de encetar aquela vida nova, – outra depois do combate da Encruzilhada; nesta não lhe contei nada do marido, nem da morte, nem sequer que o vira. Unicamente anunciei que era provável acabasse brevemente a guerra civil. Em nenhuma das duas fiz a menor alusão aos meus sentimentos nem ao motivo do meu ato; entretanto, para quem soubesse deles, a carta era significativa. Maria Cora só respondeu à primeira das cartas, com serenidade, mas não com isenção. Percebia-se – ou percebia-o eu – que, não prometendo nada, tudo agradecia, e, quando menos, admirava. Gratidão e admiração podiam encaminhá-la ao amor.

Ainda não disse – e não sei como diga este ponto – que na Encruzilhada, depois da morte de João da Fonseca, tentei degolá-lo; mas nem queria fazê-lo, nem realmente o fiz. O meu objeto era ainda outro e romanesco. Perdoa-me tu, realista sincero, há nisto também um pouco de realidade, e foi o que pratiquei, de acordo com o estado da minha alma: o que fiz foi cortar-lhe um molho de cabelos. Era o recibo da morte que eu levaria à viúva.

CAPÍTULO VI

Quando voltei ao Rio de Janeiro, tinham já passado muitos meses do combate da Encruzilhada. O meu nome figurou não só em partes oficiais como em telegramas e correspondências, por mais que eu buscasse esquivar-me ao ruído e desaparecer na sombra. Recebi cartas de felicitações e de indagações. Não vim logo para o Rio de Janeiro, note-se; podia ter aqui alguma festa; preferi ficar em S. Paulo. Um dia, sem ser esperado, meti-me na estrada de ferro e entrei na cidade. Fui para a casa de pensão do Catete.

Não procurei logo Maria Cora. Pareceu-me até mais acertado que a notícia da minha vinda lhe chegasse pelos jornais. Não tinha pessoa que lhe falasse; vexava-me ir eu mesmo a alguma redação contar o meu regresso do Rio Grande; não era passageiro de mar, cujo nome viesse em lista nas folhas públicas. Passaram dois dias; no terceiro, abrindo uma destas, dei com o meu nome. Dizia-se ali que viera de S. Paulo e estivera nas lutas do Rio Grande, citavam-se os combates, tudo com adjetivos de louvor; enfim, que voltava à mesma pensão do Catete. Como eu só contara alguma cousa ao dono da casa, podia ser ele o autor das notas; disse-me que não. Entrei a receber visitas pessoais. Todas queriam saber tudo; eu pouco mais disse que nada.

Entre os cartões, recebi dois, de Maria Cora e da tia, com palavras de boas-vindas. Não era preciso mais; restava-me ir agradecer-lhes, e dispus-me a isso; mas, no próprio dia em que resolvi ir ao Engenho Velho, tive uma sensação de... De quê? Expliquem, se podem, o acanhamento que me deu a lembrança do marido de Maria Cora, morto às minhas mãos. A sensação que ia ter diante dela encheu-me inteiramente. Sabendo-se qual foi o móvel principal da minha ação militar, mal se compreende aquela hesitação; mas, se considerares que, por mais que me defendesse do marido e o matasse para não morrer, ele era sempre o marido, terás entendido o mal-estar que me fez adiar a visita.

Afinal, peguei em mim e fui à casa dela.

Maria Cora estava de luto. Recebeu-me com bondade, e repetiu-me, como a tia, as felicitações escritas. Falamos da guerra civil, dos costumes do Rio Grande, um pouco de política, e mais nada. Não se disse de João da Fonseca. Ao sair de lá, perguntei a mim mesmo se Maria Cora estaria disposta a casar comigo.

"Não me parece que recuse, embora não lhe ache maneiras especiais. Creio até que está menos afável que dantes... Terá mudado?"

Pensei assim, vagamente. Atribuí a alteração ao estado moral da viuvez; era natural. E continuei a frequentá-la, disposto a deixar passar a primeira fase do luto para lhe pedir formalmente a mão. Não tinha que fazer declarações novas; ela sabia tudo. Continuou a receber-me bem. Nenhuma pergunta me fez sobre o marido, a tia também não, e da própria revolução não se falou mais. Pela minha parte, tornando à situação anterior, busquei não perder tempo, fiz-me pretendente com todas as maneiras do ofício. Um dia. perguntei-lhe se pensava em tornar ao Rio Grande.

– Por ora, não.

– Mas irá?

– É possível; não tenho plano nem prazo marcado; é possível.

Eu, depois de algum silêncio, durante o qual olhava interrogativamente para ela, acabei por inquirir se antes de ir, caso fosse, não alteraria nada em sua vida.

– A minha vida está tão alterada...

Não me entendera; foi o que supus. Tratei de me explicar melhor, e escrevi uma carta em que lhe lembrava a entrega e a recusa da primeira e lhe pedia francamente a mão. Entreguei a carta, dois dias depois, com estas palavras:

– Desta vez não recusará ler-me.

Não recusou, aceitou a carta. Foi à saída, à porta da sala. Creio até que lhe vi certa comoção de bom agouro. Não me respondeu por escrito, como esperei. Passados três dias, estava tão ansioso que resolvi ir ao Engenho Velho. Em caminho imaginei tudo; que me recusasse, que me aceitasse, que me adiasse, e já me contentava com a última hipótese, se não houvesse de ser a segunda. Não a achei em casa; tinha ido passar alguns dias na Tijuca. Saí de lá aborrecido. Pareceu-me que não queria absolutamente casar; mas então era mais simples dizê-lo ou escrevê-lo. Esta consideração trouxe-me esperanças novas.

Tinha ainda presentes as palavras que me dissera, quando me devolveu a primeira carta, e eu lhe falei da minha paixão: "Suponho que eu o amo; nem por isso deixo de ser uma senhora casada". Era claro que então gostava de mim, e agora mesmo não havia razão decisiva para crer o contrário, embora a aparência fosse um tanto fria. Ultimamente, entrei a crer que ainda gostava, um pouco por vaidade, um pouco por simpatia, e não sei se por gratidão também; tive alguns vestígios disso. Não obstante, não me deu resposta à segunda carta. Ao voltar da Tijuca, vinha menos expansiva, acaso mais triste. Tive eu mesmo de lhe falar na matéria; a resposta foi que por ora, estava disposta a não casar.

– Mas um dia...? – perguntei depois de algum silêncio.

– Estarei velha.

– Mas então... será muito tarde?

– Meu marido pode não estar morto. Espantou-me esta objeção.

– Mas a senhora está de luto.

– Tal foi a notícia que li e me deram; pode não ser exata. Tenho visto desmentir outras que se reputavam certas.

– Quer certeza absoluta? – perguntei. – Eu posso dá-la.

Maria Cora empalideceu. Certeza. Certeza de quê? Queria que lhe contasse tudo, mas tudo. A situação era tão penosa para mim que não hesitei mais, e, depois de lhe dizer que era intenção minha não lhe contar nada, como não contara a ninguém, ia fazê-lo, unicamente para obedecer à intimação. E referi o combate, as suas fases todas, os riscos, as palavras, finalmente a morte de João da Fonseca. A ânsia com que me ouviu foi grande, e não menor o abatimento final. Ainda assim, dominou-se e perguntou-me:

– Jura que me não está enganando?

– Para que a enganar? O que tenho feito é bastante para provar que sou sincero. Amanhã, trago-lhe outra prova, se é preciso mais alguma.

Levei-lhe os cabelos que cortara ao cadáver. Contei-lhe – e confesso que o meu fim foi irritá-la contra a memória do defunto –; contei-lhe o desespero da Prazeres. Descrevi essa mulher e as suas lágrimas. Maria Cora ouviu-me com os olhos grandes e perdidos; estava ainda com ciúmes. Quando lhe mostrei os cabelos do marido, atirou-se a eles, recebeu-os, beijou-os, chorando, chorando, chorando... Entendi melhor sair e sair para sempre. Dias depois recebi a resposta à minha carta; recusava casar.

Na resposta havia uma palavra que é a única razão de escrever esta narrativa: "Compreende que eu não podia aceitar a mão do homem que, embora lealmente, matou meu marido". Comparei-a àquela outra que me dissera antes, quando eu me propunha sair a combate, matá-lo e voltar: "Não creio que ninguém me ame com tal força". E foi essa palavra que me levou à guerra. Maria Cora vive agora reclusa; de costume manda dizer uma missa por alma do marido, no aniversário do combate da Encruzilhada.

Nunca mais a vi; e, cousa menos difícil, nunca mais esqueci de dar corda ao relógio.

MISS DOLLAR

Era conveniente ao romance que o leitor ficasse muito tempo sem saber quem era Miss Dollar. Mas, por outro lado, sem a apresentação de Miss Dollar, seria o autor obrigado a longas digressões, que encheriam o papel sem adiantar a ação. Não há hesitação possível: vou apresentar-lhes Miss Dollar.

Se o leitor é rapaz e dado ao gênio melancólico, imagina que Miss Dollar é uma inglesa pálida e delgada, escassa de carnes e de sangue, abrindo à flor do rosto dois grandes olhos azuis e sacudindo ao vento umas longas tranças louras. A moça em questão deve ser vaporosa e ideal como uma criação de Shakespeare; deve ser o contraste do *roast-beef* britânico, com que se alimenta a liberdade do Reino Unido. Uma tal Miss Dollar deve ter o poeta Tennyson de cor e ler Lamartine no original; se souber o português, deve deliciar-se com a leitura dos sonetos de Camões ou os cantos de Gonçalves Dias. O chá e o leite devem ser a alimentação de semelhante criatura, adicionando-se-lhe alguns confeitos e biscoitos para acudir às urgências do estômago. A sua fala deve ser um murmúrio de harpa eólia; o seu amor um desmaio, a sua vida uma contemplação, a sua morte um suspiro.

A figura é poética, mas não é a da heroína do romance.

Suponhamos que o leitor não é dado a esses devaneios e melancolias; nesse caso imagina uma Miss Dollar totalmente diferente da outra. Desta vez será uma robusta americana, vertendo sangue pelas faces, formas arredondadas, olhos vivos e ardentes, mulher feita, refeita e perfeita. Amiga da boa mesa e do bom copo, esta Miss Dollar preferirá um quarto de carneiro a uma página de Longfellow, cousa naturalíssima quando o estômago reclama, e nunca chegará a compreender a poesia do pôr do sol. Será uma boa mãe de família, segundo a doutrina de alguns padres-mestres da civilização, isto é, fecunda e ignorante.

Já não será do mesmo sentir o leitor que tiver passado a segunda mocidade e vir diante de si uma velhice sem recurso. Para esse, a Miss Dollar verdadeiramente digna de ser contada em algumas páginas, seria uma boa inglesa de 50 anos, dotada com algumas mil libras esterlinas, e que, aportando ao Brasil em procura de assunto para escrever um romance, realizasse um romance verdadeiro, casando com o leitor aludido. Uma tal Miss Dollar seria incompleta se não tivesse óculos verdes e um grande cacho de cabelo grisalho em cada fonte. Luvas de renda branca e chapéu de linho em forma de cuia, seriam a última demão deste magnífico tipo de ultramar.

Mais esperto que os outros, acode um leitor dizendo que a heroína do romance não é nem foi inglesa, mas brasileira dos quatro costados, e que o nome de Miss Dollar quer dizer simplesmente que a rapariga é rica.

A descoberta seria excelente, se fosse exata; infelizmente nem esta nem as outras são exatas. A Miss Dollar do romance não é a menina romântica, nem a mulher robusta, nem a velha literata, nem a brasileira rica. Falha desta vez a proverbial perspicácia dos leitores; Miss Dollar é uma cadelinha galga.

Para algumas pessoas a qualidade da heroína fará perder o interesse do romance. Erro manifesto. Miss Dollar, apesar de não ser mais que uma cadelinha galga, teve as honras de ver o seu nome nos papéis públicos, antes de entrar para este livro. O *Jornal do Comércio* e o *Correio Mercantil* publicaram nas colunas dos anúncios as seguintes linhas reverberantes de promessa:

"*Desencaminhou-se uma cadelinha galga, na noite de ontem, 30. Acode ao nome de Miss Dollar. Quem a achou e quiser levar à rua de Mata-cavalos no..., receberá duzentos mil-réis de recompensa. Miss Dollar tem uma coleira ao pescoço fechada por um cadeado em que se leem as seguintes palavras:* De tout mon coeur."

Todas as pessoas que sentiam necessidade urgente de duzentos mil-réis, e tiveram a felicidade de ler aquele anúncio, andaram nesse dia com extremo cuidado nas ruas do Rio de Janeiro, a ver se davam com a fugitiva Miss Dollar. Galgo que aparecesse ao longe era perseguido com tenacidade até verificar-se que não era o animal procurado. Mas toda essa caçada dos duzentos mil-réis era completamente inútil, visto que, no dia em que apareceu o anúncio, já Miss Dollar estava aboletada na casa de um sujeito morador nos Cajueiros que fazia coleção de cães.

Quais as razões que induziram o Dr. Mendonça a fazer coleção de cães é cousa que ninguém podia dizer; uns queriam que fosse simplesmente paixão por esse símbolo da fidelidade ou do servilismo; outros pensavam antes que, cheio de profundo desgosto pelos homens, Mendonça achou que era de boa guerra adorar os cães.

Fossem quais fossem as razões, o certo é que ninguém possuía mais bonita e variada coleção do que ele. Tinha-os de todas as raças, tamanhos e cores. Cuidava deles como se fossem seus filhos; se algum lhe morria, ficava melancólico. Quase se pode dizer que, no espírito de Mendonça, o cão pesava tanto como o amor, segundo uma expressão célebre: "tirai do mundo o cão, e o mundo será um ermo".

O leitor superficial conclui daqui que o nosso Mendonça era um homem excêntrico. Não era. Mendonça era um homem como os outros; gostava de cães como outros gostam de flores. Os cães eram as suas rosas e violetas; cultivava-os com o mesmíssimo esmero. De flores gostava também; mas gostava delas nas plantas em que nasciam: cortar um jasmim ou prender um canário parecia-lhe idêntico atentado.

Era o Dr. Mendonça homem de seus 34 anos, bem apessoado, maneiras francas e distintas. Tinha-se formado em medicina e tratou algum tempo de doentes; a clínica estava já adiantada quando sobreveio uma epidemia na capital; o Dr. Mendonça inventou um elixir contra a doença; e tão excelente era o elixir, que o autor ganhou um bom par de contos de réis. Agora exercia a medicina como amador. Tinha quanto bastava para si e a família. A família compunha-se dos animais citados acima.

Na memorável noite em que se desencaminhou Miss Dollar, voltava Mendonça para casa quando teve a ventura de encontrar a fugitiva no Rocio. A cadelinha entrou a acompanhá-lo, e ele, notando que era animal sem dono visível, levou-a consigo para os Cajueiros.

Apenas entrou em casa e examinou cuidadosamente a cadelinha, Miss Dollar era realmente um mimo; tinha as formas delgadas e graciosas da sua fidalga raça; os olhos castanhos e aveludados pareciam exprimir a mais completa felicidade deste mundo, tão alegres e serenos eram. Mendonça contemplou-a e a examinou minuciosamente. Leu o dístico do cadeado que fechava a coleira, e convenceu-se finalmente de que a cadelinha era animal de grande estimação da parte de quem quer que fosse dono dela.

– Se não aparecer o dono, fica comigo – disse ele entregando Miss Dollar ao moleque encarregado dos cães.

Tratou o moleque de dar comida a Miss Dollar, enquanto Mendonça planeava um bom futuro à nova hóspede, cuja família devia perpetuar-se na casa.

O plano de Mendonça durou o que duram os sonhos: o espaço de uma noite. No dia seguinte, lendo os jornais, viu o anúncio transcrito acima, prometendo duzentos mil-réis a quem entregasse a cadelinha fugitiva. A sua paixão pelos cães deu-lhe a medida da dor que devia sofrer o dono ou dona de Miss Dollar, visto que chegava a oferecer duzentos mil-réis de gratificação a quem apresentasse a galga. Consequentemente resolveu restituí-la, com bastante mágoa do coração. Chegou a hesitar por alguns instantes; mas afinal venceram os sentimentos de probidade e compaixão, que eram o apanágio daquela alma. E, como se lhe custasse despedir-se do animal, ainda recente na casa, dispôs-se a levá-lo ele mesmo, e para esse fim preparou-se. Almoçou, e depois de averiguar bem se Miss Dollar havia feito a mesma operação, saíram ambos de casa com direção a Mata-cavalos.

Naquele tempo ainda o Barão do Amazonas não tinha salvo a independência das repúblicas platinas mediante a vitória de Riachuelo, nome com que depois a Câmara Municipal crismou a Rua de Mata-cavalos. Vigorava, portanto, o nome tradicional da rua, que não queria dizer cousa nenhuma de jeito.

A casa que tinha o número indicado no anúncio era de bonita aparência e indicava certa abastança nos haveres de quem lá morasse. Antes mesmo que Mendonça batesse palmas no corredor, já Miss Dollar, reconhecendo os pátrios lares, começava a pular de contente e a soltar uns sons alegres e guturais que, se houvesse entre os cães literatura, deviam ser um hino de ação de graças.

Veio um moleque saber quem estava; Mendonça disse que vinha restituir a galga fugitiva. Expansão do rosto do moleque, que correu a anunciar a boa-nova. Miss Dollar, aproveitando uma fresta, precipitou-se pelas escadas acima. Dispunha-se Mendonça a descer, pois estava cumprida a sua tarefa, quando o moleque voltou dizendo-lhe que subisse e entrasse para a sala.

Na sala não havia ninguém. Algumas pessoas, que têm salas elegantemente dispostas, costumam deixar tempo de serem estas admiradas pelas visitas, antes de as virem cumprimentar. É possível que esse fosse o costume dos donos daquela casa, mas desta vez não se cuidou em semelhante cousa, porque mal o médico entrou pela porta do corredor surgiu de outra interior uma velha com Miss Dollar nos braços e a alegria no rosto.

– Queira ter a bondade de sentar-se – disse ela designando uma cadeira à Mendonça.

– A minha demora é pequena – disse o médico, sentando-se. – Vim trazer-lhe a cadelinha que está comigo desde ontem...

– Não imagina que desassossego causou cá em casa a ausência de Miss Dollar...

– Imagino, minha senhora; eu também sou apreciador de cães e, se me faltasse um, sentiria profundamente. A sua Miss Dollar...

– Perdão! – interrompeu a velha –; minha não; Miss Dollar não é minha, é de minha sobrinha.

– Ah!...

– Ela aí vem.

Mendonça levantou-se justamente quando entrava na sala a sobrinha em questão. Era uma moça que representava 28 anos, no pleno desenvolvimento da sua beleza, uma dessas mulheres que anunciam velhice tardia e imponente. O vestido de seda escura dava singular realce à cor imensamente branca da sua pele. Era roçagante o vestido, o que lhe aumentava a majestade do porte e da estatura. O corpinho do vestido cobria-lhe todo o colo; mas adivinhava-se por baixo da seda um belo tronco de mármore modelado por escultor divino. Os cabelos castanhos e naturalmente ondeados estavam penteados com essa simplicidade caseira, que é a melhor de todas as modas conhecidas; ornavam-lhe graciosamente a fronte como uma coroa doada pela natureza. A extrema brancura da pele não tinha o menor tom cor-de-rosa que lhe fizesse harmonia e contraste. A boca era pequena, e tinha uma certa expressão imperiosa. Mas a grande distinção daquele rosto, aquilo que mais prendia os olhos, eram os olhos; imaginem duas esmeraldas nadando em leite.

Mendonça nunca vira olhos verdes em toda a sua vida; disseram-lhe que existiam olhos verdes, ele sabia de cor uns versos célebres de Gonçalves Dias; mas até então os olhos verdes eram para ele a mesma cousa que a fênix dos antigos. Um dia, conversando com uns amigos a propósito disto, afirmava que se alguma vez encontrasse um par de olhos verdes fugiria deles com terror.

– Por quê? – perguntou-lhe um dos circunstantes admirado.

– A cor verde é a cor do mar, respondeu Mendonça; evito as tempestades de um; evitarei as tempestades dos outros.

Eu deixo ao critério do leitor esta singularidade de Mendonça, que de mais a mais é preciosa, no sentido de Molière.

Mendonça cumprimentou respeitosamente a recém-chegada, e esta, com um gesto, convidou-o a sentar-se outra vez.

– Agradeço-lhe infinitamente o ter-me restituído este pobre animal, que me merece grande estima – disse Margarida sentando-se.

– E eu dou graças a Deus por tê-lo achado; podia ter caído em mãos que o não restituíssem.

Margarida fez um gesto a Miss Dollar, e a cadelinha, saltando do regaço da velha, foi ter com Margarida; levantou as patas dianteiras e pôs-lhas sobre os joelhos; Margarida e Miss Dollar trocaram um longo olhar de afeto. Durante esse tempo uma das mãos da moça brincava com uma das orelhas da galga, e dava assim lugar a que Mendonça admirasse os seus belíssimos dedos armados com unhas agudíssimas.

Mas, conquanto Mendonça tivesse sumo prazer em estar ali, reparou que era esquisita e humilhante a sua demora. Pareceria estar esperando a gratificação. Para escapar a essa interpretação desairosa, sacrificou o prazer da conversa e a contemplação da moça; levantou-se dizendo:

– A minha missão está cumprida...

– Mas... – interrompeu a velha.

Mendonça compreendeu a ameaça da interrupção da velha.

– A alegria – disse ele – que restituí a esta casa é a maior recompensa que eu podia ambicionar. Agora peço-lhes licença...

As duas senhoras compreenderam a intenção de Mendonça; a moça pagou-lhe a cortesia com um sorriso; e a velha, reunindo no pulso quantas forças ainda lhe restavam pelo corpo todo, apertou com amizade a mão do rapaz.

Mendonça saiu impressionado pela interessante Margarida. Notava-lhe principalmente, além da beleza, que era de primeira água, certa severidade triste no olhar e nos modos. Se aquilo era caráter da moça, dava-se bem com a índole de médico; se era resultado de algum episódio da vida, era uma página do romance que devia ser decifrada por olhos hábeis. A falar verdade, o único defeito que Mendonça lhe achou foi a cor dos olhos, não porque a cor fosse feia, mas porque ele tinha prevenção contra os olhos verdes. A prevenção, cumpre dizê-lo, era mais literária que outra cousa; Mendonça apegava-se à frase que uma vez proferira, e foi acima citada, e a frase é que lhe produziu a prevenção. Não mo acusem de chofre; Mendonça era homem inteligente, instruído e dotado de bom senso; tinha, além disso, grande tendência para as afeições românticas; mas, apesar disso, lá tinha calcanhar o nosso Aquiles. Era homem como os outros, outros Aquiles andam por aí que são da cabeça aos pés um imenso calcanhar. O ponto vulnerável de Mendonça era esse; o amor de uma frase era capaz de violentar-lhe afetos; sacrificava uma situação a um período arredondado.

Referindo a um amigo o episódio da galga e a entrevista com Margarida, Mendonça disse que poderia vir a gostar dela se não tivesse olhos verdes. O amigo riu com certo ar de sarcasmo.

– Mas, doutor – disse-lhe ele –, não compreendo essa prevenção; eu ouço até dizer que os olhos verdes são de ordinário núncios de boa alma. Além de que, a cor dos olhos não vale nada, a questão é a expressão deles. Podem ser azuis como o céu e pérfidos como o mar.

A observação deste amigo anônimo tinha a vantagem de ser tão poética como a de Mendonça. Por isso abalou profundamente o ânimo do médico. Não ficou este como o asno de Buridan entre a selha d'água e a quarta de cevada; o asno hesitaria, Mendonça não hesitou. Acudiu-lhe de pronto a lição do casuísta Sánchez, e das duas opiniões tomou a que lhe pareceu provável.

Algum leitor grave achará pueril esta circunstância dos olhos verdes e esta controvérsia sobre a qualidade provável deles. Provará com isso que tem pouca prática do mundo. Os almanaques pitorescos citam até à saciedade mil excentricidades e senões dos grandes varões que a humanidade admira, já por instruídos nas letras, já por valentes nas armas; e nem por isso deixamos de admirar esses mesmos varões. Não queira o leitor abrir uma exceção só para encaixar nela o nosso doutor. Aceitemo-lo com os seus ridículos; quem os não tem? O ridículo é uma espécie de lastro da alma quando ela entra no mar da vida; algumas fazem toda a navegação sem outra espécie de carregamento.

Para compensar essas fraquezas, já disse que Mendonça tinha qualidades não vulgares. Adotando a opinião que lhe pareceu mais provável, que foi a do amigo, Mendonça disse consigo que nas mãos de Margarida estava talvez a chave do seu futuro. Ideou nesse sentido um plano de felicidade; uma casa num ermo, olhando para o mar ao lado do Ocidente, a fim de poder assistir ao espetáculo do pôr do sol. Margarida e ele, unidos pelo amor e pela Igreja, beberiam ali, gota a gota, a taça inteira da celeste felicidade. O sonho de Mendonça continha outras particularidades que seria ocioso mencionar aqui. Mendonça pensou nisto alguns dias; chegou a passar algumas vezes por Mata-cavalos; mas tão infeliz que nunca viu Margarida nem a tia; afinal desistiu da empresa e voltou aos cães.

A coleção de cães era uma verdadeira galeria de homens ilustres. O mais estimado deles chamava-se Diógenes; havia um galgo que acudia ao nome de César; um cão d'água que se chamava Nelson; Cornélia chamava-se uma cadelinha rateira, e Calígula um enorme cão de fila, vera-efígie do grande monstro que a sociedade romana produziu. Quando se achava entre toda essa gente, ilustre por diferentes títulos, dizia Mendonça que entrava na história; era assim que se esquecia do resto do mundo.

Achava-se Mendonça uma vez à porta do Carceller, onde acabava de tomar sorvete em companhia de um indivíduo, amigo dele, quando viu passar um carro, e dentro do carro duas senhoras que lhe pareceram as senhoras de Mata-cavalos. Mendonça fez um movimento de espanto que não escapou ao amigo.

– Que foi? – perguntou-lhe este.

– Nada; pareceu-me conhecer aquelas senhoras. Viste-as, Andrade?

– Não.

O carro entrara na Rua do Ouvidor; os dois subiram pela mesma rua. Logo acima da Rua da Quitanda, parara o carro à porta de uma loja, e as senhoras apearam-se e entraram. Mendonça não as viu sair; mas viu o carro e suspeitou que fosse o mesmo. Apressou o passo sem dizer nada a Andrade, que fez o mesmo, movido por essa natural curiosidade que sente um homem quando percebe algum segredo oculto.

Poucos instantes depois estavam à porta da loja; Mendonça verificou que eram as duas senhoras de Mata-cavalos. Entrou afouto, com ar de quem ia comprar alguma cousa, e aproximou-se das senhoras.

A primeira que o conheceu foi a tia. Mendonça cumprimentou-as respeitosamente. Elas receberam o cumprimento com afabilidade. Ao pé de Margarida estava Miss Dollar, que, por esse admirável faro que a natureza concedeu aos cães e aos cortesãos da fortuna, deu dois saltos de alegria quando apenas viu Mendonça, chegando a tocar-lhe o estômago com as patas dianteiras.

– Parece que Miss Dollar ficou com boas recordações suas – disse D. Antônia (assim se chamava a tia de Margarida).

– Creio que sim – respondeu Mendonça, brincando com a galga e olhando para Margarida.

Justamente nesse momento entrou Andrade.

– Só agora as reconheci – disse ele dirigindo-se às senhoras.

Andrade apertou a mão das duas senhoras, ou antes apertou a mão de Antônia e os dedos de Margarida.

Mendonça não contava com este incidente, e alegrou-se com ele por ter à mão o meio de tornar íntimas as relações superficiais que tinha com a família.

– Seria bom – disse ele a Andrade –, que me apresentasses a estas senhoras.

– Pois não as conheces? – perguntou Andrade, estupefato.

– Conhece-nos sem nos conhecer – respondeu sorrindo a velha tia –; por ora quem o apresentou foi Miss Dollar.

Antônia referiu a Andrade a perda e o achado da cadelinha.

– Pois, nesse caso – respondeu Andrade –, apresento-o já.

Feita a apresentação oficial, o caixeiro trouxe a Margarida os objetos que ela havia comprado, e as duas senhoras despediram-se dos rapazes pedindo-lhes que as fossem ver.

Não citei nenhuma palavra de Margarida no diálogo acima transcrito, porque, a falar verdade, a moça só proferiu duas palavras a cada um dos rapazes.

– Passe bem – disse-lhes ela, dando a ponta dos dedos e saindo para entrar no carro.

Ficando sós, saíram também os dois rapazes e seguiram pela Rua do Ouvidor acima, ambos calados. Mendonça pensava em Margarida; Andrade pensava nos meios de entrar na confidência de Mendonça. A vaidade tem mil formas de manifestar-se como o fabuloso Proteu. A vaidade de Andrade era ser confidente dos outros; parecia-lhe assim obter da confiança aquilo que só alcançava da indiscrição. Não lhe foi difícil apanhar o segredo de Mendonça; antes de chegar à esquina da Rua dos Ourives já Andrade sabia de tudo.

– Compreendes agora – disse Mendonça –, que eu preciso ir à casa dela; tenho necessidade de vê-la; quero ver se consigo...

Mendonça estacou.

– Acaba! – disse Andrade –; se consegues ser amado. Por que não? Mas desde já te digo que não será fácil.

– Por quê?

– Margarida tem rejeitado cinco casamentos.

– Naturalmente não amava os pretendentes – disse Mendonça, com o ar de um geômetra que acha uma solução.

– Amava apaixonadamente o primeiro – respondeu Andrade –, e não era indiferente ao último.

– Houve naturalmente intriga.

– Também não. Admiras-te? É o que me acontece. É uma rapariga esquisita. Se te achas com força de ser o Colombo daquele mundo, lança-te ao mar com a armada; mas toma cuidado com a revolta das paixões, que são os ferozes marujos destas navegações de descoberta.

Entusiasmado com esta alusão, histórica debaixo da forma de alegoria, Andrade olhou para Mendonça, que, desta vez entregue ao pensamento da moça, não atendeu à frase do amigo. Andrade contentou-se com o próprio sufrágio, e sorriu com o mesmo ar de satisfação que deve ter um poeta quando escreve o último verso de um poema.

Dias depois, Andrade e Mendonça foram à casa de Margarida, e lá passaram meia hora em conversa cerimoniosa. As visitas repetiram-se; eram, porém, mais frequentes da parte de Mendonça que de Andrade. D. Antônia mostrou-se mais familiar que Margarida; só depois de algum tempo Margarida desceu do Olimpo do silêncio em que habitualmente se encerrara.

Era difícil deixar de o fazer. Mendonça, conquanto não fosse dado à convivência das salas, era um cavalheiro próprio para entreter duas senhoras que pareciam mortalmente aborrecidas. O médico sabia piano e tocava agradavelmente; a sua conversa era animada; sabia esses mil nadas que entretêm geralmente as senhoras quando elas não gostam ou não podem entrar no terreno elevado da arte, da história e da filosofia. Não foi difícil ao rapaz estabelecer intimidade com a família. Posteriormente às primeiras visitas, soube Mendonça, por via de Andrade, que Margarida era viúva. Mendonça não reprimiu o gesto de espanto.

– Mas tu falaste de um modo que parecias tratar de uma solteira – disse ele ao amigo.

– É verdade que não me expliquei bem; os casamentos recusados foram todos propostos depois da viuvez.

– Há que tempo está viúva?

– Há três anos.

– Tudo se explica – disse Mendonça depois de algum silêncio –; quer ficar fiel à sepultura; é uma Artemisa do século.

Andrade era céptico a respeito de Artemisas; sorriu à observação do amigo, e, como este insistisse, replicou:

– Mas se eu já te disse que ela amava apaixonadamente o primeiro pretendente e não era indiferente ao último.

– Então, não compreendo.

– Nem eu.

Mendonça desde esse momento tratou de cortejar assiduamente a viúva; Margarida recebeu os primeiros olhares de Mendonça com um ar de tão supremo desdém, que o rapaz esteve quase a abandonar a empresa; mas a viúva, ao mesmo tempo que parecia recusar amor, não lhe recusava estima, e tratava-o com a maior meiguice deste mundo sempre que ele a olhava como toda a gente.

Amor repelido é amor multiplicado. Cada repulsa de Margarida aumentava a paixão de Mendonça. Nem já lhe mereciam atenção o feroz Calígula, nem o elegante Júlio César. Os dois escravos de Mendonça começaram a notar a profunda diferença que havia entre os hábitos de hoje e os de outro tempo. Supuseram logo que alguma cousa o preocupava. Convenceram-se disso quando Mendonça, entrando uma vez em casa, deu com a ponta do botim no focinho de Cornélia, na ocasião em que esta interessante cadelinha, mãe de dois Gracos rateiros, festejava a chegada do doutor.

Andrade não foi insensível aos sofrimentos do amigo e procurou consolá-lo. Toda a consolação nestes casos é tão desejada quanto inútil; Mendonça ouvia as palavras de Andrade e confiava-lhe todas as suas penas. Andrade lembrou a Mendonça um excelente meio de fazer cessar a paixão: era ausentar-se da casa. A isto respondeu Mendonça citando La Rochefoucauld:

"*A ausência diminui as paixões medíocres e aumenta as grandes, como o vento apaga as velas e atiça as fogueiras.*"

A citação teve o mérito de tapar a boca de Andrade, que acreditava tanto na constância como nas Artemisas, mas que não queria contrariar a autoridade do moralista, nem a resolução de Mendonça.

Correram assim três meses. A corte de Mendonça não adiantava um passo; mas a viúva nunca deixou de ser amável com ele. Era isto o que principalmente retinha o médico aos pés da insensível viúva; não o abandonava a esperança de vencê-la.

Algum leitor conspícuo desejaria antes que Mendonça não fosse tão assíduo na casa de uma senhora exposta às calúnias do mundo. Pensou nisso o médico e consolou a consciência com a presença de um indivíduo, até aqui não nomeado por motivo de sua nulidade, e que era nada menos que o filho da sra. d. Antônia e a menina dos seus olhos. Chamava-se Jorge esse rapaz, que gastava duzentos mil-réis por mês, sem os ganhar, graças à longanimidade da mãe. Frequentava as casas dos cabeleireiros, onde gastava mais tempo que uma romana da decadência às mãos das suas servas latinas. Não perdia representação de importância no Alcazar; montava bons cavalos e enriquecia com despesas extraordinárias as algibeiras de algumas damas célebres e de vários parasitas obscuros. Calçava luvas da letra E e botas nº 36, duas qualidades que lançava à cara de todos os seus amigos que não desciam do nº 40 e da letra H. A presença deste gentil pimpolho, achava Mendonça que salvava a situação. Mendonça queria dar esta satisfação ao mundo, isto é, à opinião dos ociosos da cidade. Mas bastaria isso para tapar a boca aos ociosos?

Margarida parecia indiferente às interpretações do mundo como à assiduidade do rapaz. Seria ela tão indiferente a tudo mais neste mundo? Não; amava a mãe, tinha um capricho por Miss Dollar, gostava da boa música e lia romances. Vestia-se bem, sem ser rigorista em matéria de moda; não valsava; quando muito dançava alguma quadrilha nos saraus a que era convidada. Não falava muito, mas exprimia-se bem. Tinha o gesto gracioso e animado, mas sem pretensão nem faceirice.

Quando Mendonça aparecia lá, Margarida recebia-o com visível contentamento. O médico iludia-se sempre, apesar de já acostumado a essas manifestações. Com efeito, Margarida gostava imenso da presença do rapaz, mas não parecia dar-lhe uma importância que lisonjeasse o coração dele. Gostava de o ver como se gosta de ver um dia bonito, sem morrer de amores pelo sol.

Não era possível sofrer por muito tempo a posição em que se achava o médico. Uma noite, por um esforço de que antes disso se não julgaria capaz, Mendonça dirigiu a Margarida esta pergunta indiscreta:

– Foi feliz com seu marido?

Margarida franziu a testa com espanto e cravou os olhos nos do médico, que pareciam continuar mudamente a pergunta.

– Fui – disse ela no fim de alguns instantes.

Mendonça não disse palavra; não contava com aquela resposta. Confiava demais na intimidade que reinava entre ambos; e queria descobrir por algum modo a causa da insensibilidade da viúva. Falhou o cálculo; Margarida tornou-se séria durante algum tempo; a chegada de d. Antônia salvou uma situação esquerda para Mendonça. Pouco depois Margarida voltava às boas, e a conversa tornou-se animada e íntima como sempre. A chegada de Jorge levou a animação da conversa a proporções maiores; d. Antônia, com olhos e ouvidos de mãe, achava que o filho era o rapaz mais engraçado deste mundo; mas a verdade é que não havia em toda a cristandade espírito mais frívolo. A mãe ria-se de tudo quanto o filho dizia; o filho enchia, só ele, a conversa, referindo anedotas e reproduzindo ditos e sestros do Alcazar. Mendonça via todas essas feições do rapaz, e aturava-o com resignação evangélica.

A entrada de Jorge, animando a conversa, acelerou as horas; às dez retirou-se o médico, acompanhado pelo filho de d. Antônia, que ia cear. Mendonça recusou o convite que Jorge lhe fez e despediu-se dele na Rua do Conde, esquina da do Lavradio.

Nessa mesma noite resolveu Mendonça dar um golpe decisivo; resolveu escrever uma carta a Margarida. Era temerário para quem conhecesse o caráter da viúva; mas, com os precedentes já mencionados, era loucura. Entretanto não hesitou o médico em empregar a carta, confiando que no papel diria as cousas de muito melhor maneira que de boca. A carta foi escrita com febril impaciência; no dia seguinte, logo depois de almoçar, Mendonça meteu a carta dentro de um volume de George Sand, mandou-o pelo moleque a Margarida.

A viúva rompeu a capa de papel que embrulhava o volume, e pôs o livro sobre a mesa da sala; meia hora depois voltou e pegou no livro para ler. Apenas o abriu, caiu-lhe a carta aos pés. Abriu-a e leu o seguinte:

"Qualquer que seja a causa da sua esquivança, respeito-a, não me insurjo contra ela. Mas, se não me é dado insurgir-me, não me será lícito queixar-me? Há de ter compreendido o meu amor, do mesmo modo que tenho compreendido a sua indiferença; mas, por maior que seja essa indiferença, está longe de ombrear com o amor profundo e imperioso que se apossou de meu coração quando eu mais longe me cuidava destas paixões dos primeiros anos. Não lhe contarei as insônias e as lágrimas, as esperanças e os desencantos, páginas tristes deste livro que o destino põe nas mãos do homem para que duas almas o leiam. É-lhe indiferente isso.

Não ouso interrogá-la sobre a esquivança que tem mostrado em relação a mim; mas por que motivo se estende essa esquivança a tantos mais? Na idade das paixões férvidas, ornada pelo céu com uma beleza rara, por que motivo quer esconder-se ao mundo e defraudar a natureza e o coração de seus incontestáveis direitos? Perdoe-me a audácia da pergunta; acho-me diante de um enigma que o meu coração desejaria decifrar. Penso às vezes que alguma grande dor a atormenta, e quisera ser o médico do seu coração; ambicionava, confesso, restaurar-lhe alguma ilusão perdida. Parece que não há ofensa nesta ambição.

Se, porém, essa esquivança denota simplesmente um sentimento de orgulho legítimo, perdoe-me se ousei escrever-lhe quando seus olhos expressamente mo proibiram. Rasgue a carta que não pode valer-lhe uma recordação, nem representar uma arma."

A carta era toda de reflexão; a frase fria e medida não exprimia o fogo do sentimento. Não terá, porém, escapado ao leitor a sinceridade e a simplicidade com que Mendonça pedia uma explicação que Margarida provavelmente não podia dar.

Quando Mendonça disse a Andrade haver escrito a Margarida, o amigo do médico entrou a rir despregadamente.

– Fiz mal? – perguntou Mendonça.

– Estragaste tudo. Os outros pretendentes começaram também por carta; foi justamente a certidão de óbito do amor.

– Paciência, se acontecer o mesmo – disse Mendonça levantando os ombros com aparente indiferença –; mas eu desejava que não estivesses sempre a falar nos pretendentes; eu não sou pretendente no sentido desses.

– Não querias casar com ela?

– Sem dúvida, se fosse possível – respondeu Mendonça.

– Pois era justamente o que os outros queriam; casar-te-ias e entrarias na mansa posse dos bens que lhe couberam em partilha e que sobem a muito mais de cem contos. Meu rico, se falo em pretendentes não é por te ofender, porque um dos quatro pretendentes despedidos fui eu.

– Tu?

– É verdade; mas descansa, não fui o primeiro, nem ao menos o último.

– Escreveste?

– Como os outros; como eles, não obtive resposta; isto é, obtive uma: devolveu-me a carta. Portanto, já que lhe escreveste, espera o resto; verás se o que te digo é ou não exato. Estás perdido, Mendonça; fizeste muito mal.

Andrade tinha esta feição característica de não omitir nenhuma das cores sombrias de uma situação, com o pretexto de que aos amigos se deve a verdade. Desenhado o quadro, despediu-se de Mendonça e foi adiante.

Mendonça foi para casa, onde passou a noite em claro.

Enganara-se Andrade; a viúva respondeu à carta do médico. A carta dela limitou-se a isto:

"Perdoo-lhe tudo; não lhe perdoarei se me escrever outra vez. A minha esquivança não tem nenhuma causa; é questão de temperamento."

O sentido da carta era ainda mais lacônico do que a expressão. Mendonça leu-a muitas vezes, a ver se a completava; mas foi trabalho perdido. Uma cousa concluiu ele logo; era que havia cousa oculta que arredava Margarida do casamento; depois concluiu outra, era que Margarida ainda lhe perdoaria segunda carta se lha escrevesse.

A primeira vez que Mendonça foi a Mata-cavalos achou-se embaraçado sobre a maneira por que falaria a Margarida; a viúva tirou-o do embaraço, tratando-o como se nada houvesse entre ambos. Mendonça não teve ocasião de aludir às cartas por causa da presença de d. Antônia, mas estimou isso mesmo, porque não sabia o que lhe diria caso viessem a ficar sós os dois.

Dias depois, Mendonça escreveu a segunda carta à viúva e mandou-lha pelo mesmo canal da outra. A carta foi-lhe devolvida sem resposta. Mendonça arrependeu-se de ter abusado da ordem da moça, e resolveu, de uma vez por todas, não voltar à casa de Mata-cavalos. Nem tinha ânimo de lá aparecer, nem julgava conveniente estar junto de uma pessoa a quem amava sem esperança.

Ao cabo de um mês, não tinha perdido uma partícula sequer do sentimento que nutria pela viúva. Amava-a com o mesmíssimo ardor. A ausência, como ele pensara, aumentou-lhe o amor, como o vento ateia um incêndio. Debalde lia ou buscava distrair-se na vida agitada do Rio de Janeiro; entrou a escrever um estudo sobre a teoria do ouvido, mas a pena escapava-se-lhe para o coração, e saiu o escrito com uma mistura de nervos e sentimentos. Estava então na sua maior nomeada o romance de Renan sobre a vida de Jesus; Mendonça encheu o gabinete com todos os folhetos publicados de parte a parte, e entrou a estudar profundamente o misterioso drama da Judeia. Fez quanto pôde para absorver o espírito e esquecer a esquiva Margarida; era-lhe impossível.

Um dia de manhã apareceu-lhe em casa o filho de d. Antônia; traziam-no dois motivos: perguntar-lhe por que não ia a Mata-cavalos, e mostrar-lhe umas calças novas. Mendonça aprovou as calças, e desculpou como pôde a ausência, dizendo que andava atarefado. Jorge não era alma que compreendesse a verdade escondida por baixo de uma palavra indiferente; vendo Mendonça mergulhado no meio de uma chusma de livros e folhetos, perguntou-lhe se estava estudando para ser deputado. Jorge cuidava que se estudava para ser deputado!

– Não – respondeu Mendonça.

– É verdade que a prima também lá anda com livros, e não creio que pretende ir à câmara.

– Ah! sua prima?

– Não imagina; não faz outra cousa. Fecha-se no quarto, e passa os dias inteiros a ler.

Informado por Jorge, Mendonça supôs que Margarida era nada menos que uma mulher de letras, alguma modesta poetisa, que esquecia o amor dos homens nos braços das musas. A suposição era gratuita e filha mesmo de um espírito cego pelo amor como o de Mendonça. Há várias razões para ler muito sem ter comércio com as musas.

– Note que a prima nunca leu tanto; agora é que lhe deu para isso – disse Jorge tirando da charuteira um magnífico Havana do valor de 3 tostões e oferecendo outro a Mendonça. Fume isto – continuou ele –, fume e diga-me se há ninguém como o Bernardo para ter charutos bons.

Gastos os charutos, Jorge despediu-se do médico, levando a promessa de que este iria à casa de d. Antônia o mais cedo que pudesse.

No fim de quinze dias Mendonça voltou a Mata-cavalos.

Encontrou na sala Andrade e d. Antônia, que o receberam com aleluias. Mendonça parecia com efeito ressurgir de um túmulo; tinha emagrecido e empalidecido. A melancolia dava-lhe ao rosto maior expressão de abatimento. Alegou trabalhos extraordinários e entrou a conversar alegremente como dantes. Mas essa alegria, como se compreende, era toda forçada. No fim de um quarto de hora a tristeza apossou-se-lhe outra vez do rosto. Durante esse tempo, Margarida não apareceu na sala; Mendonça, que até então não perguntara por ela, não sei por que razão, vendo que ela não aparecia, perguntou se estava doente. D. Antônia respondeu-lhe que Margarida estava um pouco incomodada.

O incômodo de Margarida durou uns três dias; era uma simples dor de cabeça, que o primo atribuiu à aturada leitura.

No fim de alguns dias mais, d. Antônia foi surpreendida com uma lembrança de Margarida; a viúva queria ir viver na roça algum tempo.

– Aborrece-te a cidade? – perguntou a boa velha.

– Alguma coisa – respondeu Margarida –; queria ir viver uns dois meses na roça.

D. Antônia não podia recusar nada à sobrinha; concordou em ir para a roça; e começaram os preparativos. Mendonça soube da mudança no Rocio, andando a passear de noite; disse-lho Jorge na ocasião de ir para o Alcazar. Para o rapaz era uma fortuna aquela mudança, porque suprimia-lhe a única obrigação que ainda tinha neste mundo, que era a de ir jantar com a mãe.

Não achou Mendonça nada que admirar na resolução; as resoluções de Margarida começavam a parecer-lhe simplicidade.

Quando voltou para casa encontrou um bilhete de d. Antônia concebido nestes termos:

"Temos de ir para fora alguns meses; espero que não nos deixe sem despedir-se de nós. A partida é sábado; e eu quero incumbi-lo de uma coisa."

Mendonça tomou chá e dispôs-se a dormir. Não pôde. Quis ler; estava incapaz disso. Era cedo; saiu. Insensivelmente dirigiu os passos para Mata-cavalos. A casa de d. Antônia estava fechada e silenciosa; evidentemente estavam já dormindo. Mendonça passou adiante e parou junto da grade do jardim adjacente à casa. De fora podia ver a janela do quarto de Margarida, pouco elevada, e dando para o jardim. Havia luz dentro; naturalmente Margarida estava acordada. Mendonça deu mais alguns passos; a porta do jardim estava aberta. Mendonça sentiu pulsar-lhe o coração com força desconhecida. Surgiu-lhe no espírito uma suspeita. Não há coração confiante que não tenha desfalecimentos destes; além de que, seria errada a suspeita? Mendonça, entretanto, não tinha nenhum direito à viúva; fora repelido categoricamente. Se havia algum dever da parte dele era a retirada e o silêncio.

Mendonça quis conservar-se no limite que lhe estava marcado; a porta aberta do jardim podia ser esquecimento da parte dos fâmulos. O médico refletiu bem que aquilo tudo era fortuito, e fazendo um esforço afastou-se do lugar. Adiante parou e refletiu; havia um demônio que o impelia por aquela porta dentro. Mendonça voltou e entrou com precaução.

Apenas dera alguns passos surgiu-lhe em frente Miss Dollar latindo; parece que a galga saíra de casa sem ser pressentida; Mendonça amimou-a, e a cadelinha parece que reconheceu o médico, porque trocou os latidos em festas. Na parede do quarto de Margarida desenhou-se uma sombra de mulher; era a viúva que chegava à janela para ver a causa do ruído. Mendonça coseu-se como pôde com uns arbustos que ficavam junto da grade; não vendo ninguém, Margarida voltou para dentro.

Passados alguns minutos, Mendonça saiu do lugar em que se achava e dirigiu-se para o lado da janela da viúva. Acompanhava-o Miss Dollar. Do jardim não podia olhar, ainda que fosse mais alto, para o aposento da moça. A cadelinha apenas chegou àquele ponto, subiu ligeira uma escada de pedra que comunicava o jardim com a casa; a porta do quarto de Margarida ficava justamente no corredor que se seguia à escada; a porta estava aberta. O rapaz imitou a cadelinha; subiu os seis degraus de pedra vagarosamente; quando pôs o pé no último, ouviu Miss Dollar pulando no quarto e vindo latir à porta, como que avisando a Margarida de que se aproximava um estranho.

Mendonça deu mais um passo. Mas nesse momento atravessou o jardim um escravo que acudia ao latido da cadelinha; o escravo examinou o jardim e, não vendo ninguém, retirou-se. Margarida foi à janela e perguntou o que era; o escravo explicou-lho e tranquilizou-a dizendo que não havia ninguém.

Justamente quando ela saía da janela aparecia à porta a figura de Mendonça. Margarida estremeceu por um abalo nervoso; ficou mais pálida do que era; depois, concentrando nos olhos toda a soma de indignação que pode conter um coração, perguntou-lhe com voz trêmula:

– Que quer aqui?

Foi nesse momento, e só então, que Mendonça reconheceu toda a baixeza de seu procedimento, ou para falar mais acertadamente, toda a alucinação do seu espírito. Pareceu-lhe ver em Margarida a figura da sua consciência, a exprobrar-lhe tamanha indignidade. O pobre rapaz não procurou desculpar-se; sua resposta foi singela e verdadeira.

– Sei que cometi um ato infame – disse ele –; não tinha razão para isso; estava louco; agora conheço a extensão do mal. Não lhe peço que me desculpe, d. Margarida; não mereço perdão; mereço desprezo; adeus!

– Compreendo, senhor – disse Margarida –; quer obrigar-me pela força do descrédito quando me não pode obrigar pelo coração. Não é de cavalheiro.

– Oh! isso... juro-lhe que não foi tal o meu pensamento...

Margarida caiu numa cadeira parecendo chorar. Mendonça deu um passo para entrar, visto que até então não saíra da porta; Margarida levantou os olhos cobertos de lágrimas, e com um gesto imperioso mostrou-lhe que saísse.

Mendonça obedeceu; nem um nem outro dormiram nessa noite. Ambos curvavam-se ao peso da vergonha: mas, por honra de Mendonça, a dele era maior que a dela; e a dor de uma não ombreava com o remorso de outro.

No dia seguinte estava Mendonça em casa fumando charutos sobre charutos, recurso das grandes ocasiões, quando parou à porta dele um carro, apeando-se pouco depois a mãe de Jorge. A visita pareceu de mau agouro ao médico. Mas apenas a velha entrou, dissipou-lhe o receio.

– Creio – disse d. Antônia – que a minha idade permite visitar um homem solteiro.

Mendonça procurou sorrir ouvindo este gracejo; mas não pôde. Convidou a boa senhora a sentar-se, e sentou-se ele também, esperando que ela lhe explicasse a causa da visita.

– Escrevi-lhe ontem – disse ela –, para que fosse ver-me hoje; preferi vir cá, receando que por qualquer motivo não fosse a Mata-cavalos.

— Queria então incumbir-me?

— De cousa nenhuma — respondeu a velha sorrindo —; incumbir disse-lhe eu, como diria qualquer outra cousa indiferente; quero informá-lo.

— Ah! de quê?

— Sabe quem ficou hoje de cama?

— D. Margarida?

— É verdade; amanheceu um pouco doente; diz que passou a noite mal. Eu creio que sei a razão — acrescentou d. Antônia rindo maliciosamente para Mendonça.

— Qual será então a razão? — perguntou o médico.

— Pois não percebe?

— Não.

— Margarida ama-o.

Mendonça levantou-se da cadeira como por uma mola. A declaração da tia da viúva era tão inesperada que o rapaz cuidou estar sonhando.

— Ama-o — repetiu d. Antônia.

— Não creio — respondeu Mendonça depois de algum silêncio —; há de ser engano seu.

— Engano! — disse a velha.

D. Antônia contou a Mendonça que, curiosa por saber a causa das vigílias de Margarida, descobrira no quarto dela um diário de impressões, escrito por ela, à imitação de não sei quantas heroínas de romances; aí lera a verdade que lhe acabava de dizer.

— Mas, se me ama — observou Mendonça, sentindo entrar-lhe n'alma um mundo de esperanças —, se me ama, por que recusa o meu coração?

– O diário explica isso mesmo; eu lhe digo. Margarida foi infeliz no casamento; o marido teve unicamente em vista gozar da riqueza dela; Margarida adquiriu a certeza de que nunca será amada por si, mas pelos cabedais que possui; atribui o seu amor à cobiça. Está convencido?

Mendonça começou a protestar.

– É inútil – disse d. Antônia –, eu creio na sinceridade do seu afeto; já de há muito percebi isso mesmo; mas como convencer um coração desconfiado?

– Não sei.

– Nem eu – disse a velha –, mas para isso é que eu vim cá; peço-lhe que veja se pode fazer com que a minha Margarida torne a ser feliz, se lhe influi a crença no amor que lhe tem.

– Acho que é impossível...

Mendonça lembrou-se de contar a d. Antônia a cena da véspera; mas arrependeu-se a tempo.

D. Antônia saiu pouco depois.

A situação de Mendonça, ao passo que se tornara mais clara, estava mais difícil que dantes. Era possível tentar alguma cousa antes da cena do quarto; mas, depois, achava Mendonça impossível conseguir nada.

A doença de Margarida durou dois dias, no fim dos quais levantou-se a viúva um pouco abatida, e a primeira cousa que fez foi escrever a Mendonça pedindo-lhe que fosse lá à casa.

Mendonça admirou-se bastante do convite, e obedeceu de pronto.

– Depois do que se deu há três dias – disse-lhe Margarida –, compreende o senhor que eu não posso ficar debaixo da ação da maledicência... Diz que me ama; pois bem, o nosso casamento é inevitável.

Inevitável! amargou esta palavra ao médico, que, aliás, não podia recusar uma reparação. Lembrava-se ao mesmo tempo que era amado; e conquanto a ideia lhe sorrisse ao espírito, outra vinha dissipar esse instantâneo prazer, e era a suspeita que Margarida nutria a seu respeito.

– Estou às suas ordens – respondeu ele.

Admirou-se d. Antônia da presteza do casamento quando Margarida lho anunciou nesse mesmo dia. Supôs que fosse milagre do rapaz. Pelo tempo adiante reparou que os noivos tinham cara mais de enterro que de casamento. Interrogou a sobrinha a esse respeito; obteve uma resposta evasiva.

Foi modesta e reservada a cerimônia do casamento. Andrade serviu de padrinho, d. Antônia de madrinha; Jorge falou no Alcazar a um padre, seu amigo, para celebrar o ato.

D. Antônia quis que os noivos ficassem residindo em casa com ela. Quando Mendonça se achou a sós com Margarida, disse-lhe:

– Casei-me para salvar-lhe a reputação; não quero obrigar pela fatalidade das cousas um coração que me não pertence. Ter-me-á por seu amigo; até amanhã.

Saiu Mendonça depois deste *speech*, deixando Margarida suspensa entre o conceito que fazia dele e a impressão das suas palavras agora.

Não havia posição mais singular do que a destes noivos separados por uma quimera. O mais belo dia da vida tornava-se para eles um dia de desgraça e de solidão; a formalidade do casamento foi simplesmente o prelúdio do mais completo divórcio. Menos cepticismo da parte de Margarida, mais cavalheirismo da parte do rapaz, teriam poupado o desenlace sombrio da comédia do coração. Vale mais imaginar que descrever as torturas daquela primeira noite de noivado.

Mas aquilo que o espírito do homem não vence, há de vencê-lo o tempo, a quem cabe final razão. O tempo convenceu Margarida de que a sua suspeita era gratuita; e, coincidindo com ele o coração, veio a tornar-se efetivo o casamento apenas celebrado.

Andrade ignorou estas cousas; cada vez que encontrava Mendonça chamava-lhe Colombo do amor; tinha Andrade a mania de todo o sujeito a quem as ideias ocorrem trimestralmente; apenas pilhada alguma de jeito repetia-a até a saciedade.

Os dois esposos são ainda noivos e prometem sê-lo até a morte. Andrade meteu-se na diplomacia e promete ser um dos luzeiros da nossa representação internacional. Jorge continua a ser um bom pândego; d. Antônia prepara-se para despedir-se do mundo.

Quanto a Miss Dollar, causa indireta de todos estes acontecimentos, saindo um dia à rua foi pisada por um carro; faleceu pouco depois. Margarida não pôde reter algumas lágrimas pela nobre cadelinha; foi o corpo enterrado na chácara, à sombra de uma laranjeira; cobre a sepultura uma lápide com esta simples inscrição: A Miss Dollar.

LINHA RETA E LINHA CURVA

CAPÍTULO I

Era em Petrópolis, no ano de 186... Já se vê que a minha história não data de longe. É tomada dos anais contemporâneos e dos costumes atuais. Talvez algum dos leitores conheça até as personagens que vão figurar neste pequeno quadro. Não será raro que, encontrando uma delas amanhã, Azevedo, por exemplo, um dos meus leitores exclame:

– Ah! cá vi uma história em que se falou de ti. Não te tratou mal o autor. Mas a semelhança era tamanha, houve tão pouco cuidado em disfarçar a fisionomia, que eu, à proporção que voltava a página, dizia comigo: É o Azevedo, não há dúvida.

Feliz Azevedo! A hora em que começa essa narrativa é ele um marido feliz, inteiramente feliz. Casado de fresco, possuindo por mulher a mais formosa dama da sociedade e a melhor alma que ainda se encarnou ao sol da América, dono de algumas propriedades bem situadas e perfeitamente rendosas, acatado, querido, descansado, tal é o nosso Azevedo, a quem por cúmulo de ventura coroam os mais belos vinte e seis anos.

Deu-lhe a fortuna um emprego suave: não fazer nada. Possui um diploma de bacharel em direito; mas esse diploma nunca lhe serviu; existe guardado no fundo da lata clássica em que o trouxe da Faculdade de São Paulo. De quando em quando, Azevedo faz uma visita ao diploma, aliás, ganho legitimamente, mas é para não o ver mais senão daí a longo tempo. Não é um diploma, é uma relíquia.

Quando Azevedo saiu da faculdade de São Paulo e voltou para a fazenda da província de Minas Gerais, tinha um projeto: ir à Europa. No fim de alguns meses, o pai consentiu na viagem, e Azevedo preparou-se para realizá-la.

Chegou à corte no propósito firme de tomar lugar no primeiro paquete que saísse; mas nem tudo depende da vontade do homem. Azevedo foi a um baile antes de partir; aí estava armada uma rede em que ele devia ser colhido. Que rede! Vinte anos, uma figura delicada, esbelta, franzina, uma dessas figuras vaporosas que parecem desfazer-se ao primeiro raio do sol. Azevedo não foi senhor de si: apaixonou-se; daí a um mês casou-se, e daí a oito dias partiu para Petrópolis.

Que casa encerraria aquele casal tão belo, tão amante e tão feliz? Não podia ser mais própria a casa escolhida; era um edifício leve, delgado, elegante, mais de recreio que de morada; um verdadeiro ninho para aquelas duas pombas fugitivas.

A nossa história começa exatamente três meses depois da ida para Petrópolis. Azevedo e a mulher amavam-se ainda como no primeiro dia. O amor tomava então uma força maior e nova; é que... devo dizê-lo, ó casais de três meses?, é que apontava no horizonte o primeiro filho. Também a terra e o céu se alegram quando aponta no horizonte o primeiro raio do sol. A figura não vem aqui por simples ornato de estilo; é uma dedução lógica: a mulher de Azevedo chamava-se Adelaide.

Era, pois, em Petrópolis, numa tarde de dezembro de 186... Azevedo e Adelaide estavam no jardim que ficava em frente da casa onde ocultavam a sua felicidade. Azevedo lia alto; Adelaide ouvia-o ler, mas como se ouve um eco do coração, tanto a voz do marido e as palavras da obra correspondiam ao sentimento interior da moça.

No fim de algum tempo Azevedo deteve-se e perguntou:

– Queres que paremos aqui?

– Como quiseres, disse Adelaide.

– É melhor – disse Azevedo fechando o livro. – As cousas boas não se gozam de uma assentada. Guardemos um pouco para a noite. Demais, era já tempo que eu passasse do idílio escrito para o idílio vivo. Deixa-me olhar para ti.

Adelaide olhou para ele e disse:

– Parece que começamos a lua de mel.

– Parece e é – acrescentou Azevedo –; e se o casamento não fosse eternamente isto, o que poderia ser? A ligação de duas existências para meditar discretamente na melhor maneira de comer o maxixe e o repolho? Ora, pelo amor de Deus! Eu penso que o casamento deve ser um namoro eterno. Não pensas como eu?

– Sinto – disse Adelaide.

– Sentes, é quanto basta.

– Mas que as mulheres sintam é natural; os homens...

– Os homens, são homens.

– O que nas mulheres é sentimento, nos homens é pieguice; desde pequena me dizem isto.

– Enganam-te desde pequena – disse Azevedo rindo.

– Antes isso!

– É a verdade. E desconfia sempre dos que mais falam, sejam homens ou mulheres. Tens perto um exemplo. A Emília fala muito da sua isenção. Quantas vezes se casou? Até aqui duas, e está nos 25 anos. Era melhor calar-se mais e casar-se menos.

– Mas nela é brincadeira – disse Adelaide.

– Pois não. O que não é brincadeira é que os três meses do nosso casamento parecem-me três minutos...

– Três meses! – exclamou Adelaide.

– Como foge o tempo! –disse Azevedo.

– Dirás sempre o mesmo? – perguntou Adelaide com um gesto de incredulidade.

Azevedo abraçou-a e perguntou:

– Duvidas?

– Receio. É tão bom ser feliz!

– Sê-lo-ás sempre e do mesmo modo. De outro não entendo eu.

Neste momento ouviram os dois uma voz que partia da porta do jardim.

– O que é que não entendes? – dizia essa voz.

Olharam.

À porta do jardim estava um homem alto, bem parecido, trajando com elegância, luvas cor de palha, chicotinho na mão.

Azevedo pareceu ao princípio não conhecê-lo. Adelaide olhava para um e para outro sem compreender nada. Tudo isto, porém, não passou de um minuto; no fim dele Azevedo exclamou:

– É o Tito! Entra, Tito!

Tito entrou galhardamente no jardim; abraçou Azevedo e fez um cumprimento gracioso a Adelaide.

– É minha mulher – disse Azevedo apresentando Adelaide ao recém-chegado.

– Já o suspeitava – respondeu Tito –; e aproveito a ocasião para dar-te os meus parabéns.

– Recebeste a nossa carta de participação?

– Em Valparaíso.

– Anda sentar-te e conta-me a tua viagem.

– Isso é longo – disse Tito sentando-se. – O que te posso contar é que desembarquei ontem no Rio. Tratei de indagar a tua morada. Disseram-me que estavas temporariamente em Petrópolis. Descansei, mas logo hoje tomei a barca da Prainha e aqui estou. Eu já suspeitava que com o teu espírito de poeta irias esconder tua felicidade em algum recanto do mundo. Com efeito, isto é verdadeiramente uma nesga do paraíso. Jardim, caramanchões, uma casa leve e elegante, um livro. Bravo! Marília de Dirceu... É completo! *Tityre, tu patulae*. Caio no meio de um idílio. Pastorinha, onde está o cajado?

Adelaide ri às gargalhadas. Tito continua:

– Ri mesmo como uma pastorinha alegre. E tu, Teócrito, que fazes? Deixas correr os dias como as águas do Paraíba? Feliz criatura!

– Sempre o mesmo! – disse Azevedo.

– O mesmo doudo? Acha que ele tem razão, minha senhora?

– Acho, se o não ofendo...

– Qual ofender! Se eu até me honro com isso; sou um doudo inofensivo, isso é verdade. Mas é que realmente são felizes como poucos. Há quantos meses se casaram?

– Três meses faz domingo – respondeu Adelaide.

– Disse há pouco que me pareciam três minutos – acrescentou Azevedo.

Tito olhou para ambos e disse sorrindo:

– Três meses, três minutos! Eis toda a verdade da vida. Se os pusessem sobre uma grelha, como São Lourenço, cinco minutos eram cinco meses. E ainda se fala em tempo! Há lá tempo! O tempo está nas nossas impressões. Há meses para os infelizes e minutos para os venturosos!

– Mas que ventura! – exclama Azevedo.

– Completa, não? Imagino! Marido de um serafim, nas graças e no coração, não reparei que estava aqui... mas não precisa corar!... Disto me há de ouvir vinte vezes por dia; o que penso, digo. Como não te hão de invejar os nossos amigos!

– Isso não sei.

– Pudera! Encafuado neste desvão do mundo, de nada podes saber. E fazes bem. Isto de ser feliz à vista de todos é repartir a felicidade. Ora, para respeitar o princípio devo ir-me já embora...

Dizendo isto, Tito levantou-se.

– Deixa-te disso: fica conosco.

– Os verdadeiros amigos também são a felicidade – disse Adelaide.

– Ah!

– É até bom que aprendas em nossa escola a ciência do casamento – acrescentou Azevedo.

– Para quê? – perguntou Tito meneando o chicotinho.

– Para te casares.

– Hum!... – fez Tito.

– Não pretende? – perguntou Adelaide.

– Estás ainda o mesmo que em outro tempo?

– O mesmíssimo – respondeu Tito.

Adelaide fez um gesto de curiosidade e perguntou:

– Tem horror ao casamento?

– Não tenho vocação – respondeu Tito. – É puramente um caso de vocação. Quem a não tiver não se meta nisso, que é perder o tempo e o sossego. Desde muito tempo estou convencido disto.

– Ainda te não bateu a hora.

– Nem bate – disse Tito.

– Mas, se bem me lembro – disse Azevedo oferecendo-lhe um charuto –, houve um dia em que fugiste às teorias do costume: andavas então apaixonado...

– Apaixonado, é engano. Houve um dia em que a Providência trouxe uma confirmação aos meus instintos solitários. Meti-me a pretender uma senhora...

– É verdade: foi um caso engraçado.

– Como foi o caso? – perguntou Adelaide.

– O Tito viu em um baile uma rapariga. No dia seguinte apresenta-se em casa dela, e, sem mais nem menos, pede-lhe a mão. Ela responde... que te respondeu?

– Respondeu por escrito que eu era um tolo e me deixasse daquilo. Não disse positivamente tolo, mas vinha a dar na mesma. É preciso confessar que semelhante resposta não era própria. Voltei atrás e nunca mais amei.

– Mas amou naquela ocasião? – perguntou Adelaide.

– Não sei se era amor – respondeu Tito –, era uma cousa... Mas note, isto foi há uns bons cinco anos. Daí para cá ninguém mais me fez bater o coração.

– Pior para ti.

– Eu sei! – disse Tito levantando os ombros. – Se não tenho os gozos íntimos do amor, não tenho nem os dissabores, nem os desenganos. É já uma grande fortuna!

– No verdadeiro amor não há nada disso – disse sentenciosamente a mulher de Azevedo.

– Não há? Deixemos o assunto; eu podia fazer um discurso a propósito, mas prefiro...

– Ficar conosco – Azevedo atalhou-o. – Está sabido.

– Não tenho essa intenção.

– Mas tenho eu. Hás de ficar.

– Mas se eu já mandei o criado tomar alojamento no Hotel de Bragança...

– Pois manda contraordem. Fica comigo.

– Insisto em não perturbar a tua paz.

– Deixa-te disso.

– Fique! – disse Adelaide.

– Ficarei.

– E amanhã – continuou Adelaide –, depois de ter descansado, há de nos dizer qual é o segredo da isenção de que tanto se ufana.

– Não há segredo – disse Tito. – O que há é isto. Entre um amor que se oferece e... uma partida de voltarete, não hesito, atiro-me ao voltarete.

A propósito, Ernesto, sabes que encontrei no Chile um famoso parceiro de voltarete? Fez a casca mais temerária que tenho visto... sabe o que é uma casca, minha senhora?

– Não – respondeu Adelaide.

– Pois eu lhe explico.

Azevedo olhou para fora e disse:

– Aí chega a d. Emília.

Com efeito à porta do jardim parava uma senhora dando o braço a um velho de 50 anos.

D. Emília era uma moça a que se pode chamar uma bela mulher; era alta na estatura e altiva de caráter. O amor que pudesse infundir seria por imposição. De suas maneiras e das suas graças inspirava um não sei que de rainha que dava vontade de levá-la a um trono.

Trajava com elegância e simplicidade. Ela tinha essa elegância natural que é outra elegância diversa da elegância dos enfeites, a propósito da qual já tive ocasião de escrever esta máxima: "Que há pessoas elegantes, e pessoas enfeitadas".

Olhos negros e rasgados, cheios de luz e de grandeza, cabelos castanhos e abundantes, nariz reto como o de Safo, boca vermelha e breve, faces de cetim, colo e braços como os das estátuas, tais eram os traços da beleza de Emília.

Quanto ao velho que lhe dava o braço, era, como disse, um homem de 50 anos. Era o que se chama em português chão e rude, um velho gaiteiro. Pintado, espartilhado, via-se nele uma como que ruína do passado reconstruída por mãos modernas, de modo a ter esse aspecto bastardo que não é nem a austeridade da velhice, nem a frescura da mocidade. Não havia dúvida de que o velho devia ter sido um belo rapaz em seus tempos; mas, presentemente, se algumas conquistas tivesse feito, só podia contentar-se com a lembrança delas.

Quando Emília entrou no jardim, todos se achavam de pé. A recém--chegada apertou a mão a Azevedo e foi beijar Adelaide. Ia sentar-se na cadeira que Azevedo lhe oferecera quando reparou em Tito que se achava a um lado.

Os dois cumprimentaram-se, mas com ar diferente. Tito parecia tranquilo e friamente polido; mas Emília, depois de cumprimentá-lo, conservou os olhos fitos nele, como que avocando uma memória do passado.

Feitas as apresentações necessárias, e a Diogo Franco (é o nome do velho braceiro), todos tomaram assentos.

A primeira que falou foi Emília:

– Ainda hoje não vinha se não fosse a obsequiosidade do sr. Diogo. Adelaide olhou para o velho e disse:

– O sr. Diogo é uma maravilha.

Diogo empertigou-se e murmurou com certo tom de modéstia:

– Nem tanto, nem tanto.

– É, é – disse Emília. – Não é talvez uma, porém duas maravilhas. Ah! sabes que me vai fazer um presente?

– Um presente! – exclamou Azevedo.

– É verdade – continuou Emília –, um presente que mandou vir da Europa e lá dos confins; recordações das suas viagens de adolescente.

Diogo estava radiante.

– É uma insignificância – disse ele olhando ternamente para Emília.

– Mas o que é? – perguntou Adelaide.

– É... adivinhem? É um urso branco!

– Um urso branco!

– Deveras?

– Está para chegar, mas só ontem é que me deu notícia dele. Que amável lembrança!

– Um urso! – exclamou ainda Azevedo.

Tito inclinou-se ao ouvido do amigo, e disse em voz baixa:

– Com ele fazem dois.

Diogo, jubiloso pelo efeito que causava a notícia do presente, mas iludido no caráter desse efeito, disse:

– Não vale a pena. É um urso que eu mandei vir; é verdade que eu pedi dos mais belos. Não sabem o que é um urso branco. Imaginem que é todo branco.

– Ah! – disse Tito.

– É um animal admirável! – tornou Diogo.

– Acho que sim – disse Tito. – Ora imagina tu o que não será um urso branco que é todo branco. Que faz este sujeito? – perguntou ele em seguida a Azevedo.

– Namora a Emília; tem 50 contos.

– E ela?

– Não faz caso dele.

– Diz ela?

– E é verdade.

Enquanto os dois trocavam estas palavras, Diogo brincava com os sinetes do relógio e as duas senhoras conversavam. Depois das últimas palavras entre Azevedo e Tito, Emília voltou-se para o marido de Adelaide e perguntou:

– Dá-se isto, sr. Azevedo? Então faz-se anos nesta casa e não me convidam?

– Mas a chuva? – disse Adelaide.

– Ingrata! Bem sabes que não há chuva em casos tais.

– Demais – acrescentou Azevedo –, fez-se a festa tão à capucha.

– Fosse como fosse, eu sou de casa.

– É que a lua de mel continua, apesar de cinco meses – disse Tito.

— Aí vens tu com os teus epigramas – disse Azevedo.

— Ah! isso é mau, sr. Tito!

— Tito? – perguntou Emília a Adelaide em voz baixa.

— Sim.

— D. Emília não sabe ainda quem é o nosso amigo Tito – disse Azevedo. – Eu até tenho medo de dizê-lo.

— Então é muito feio o que tem para dizer?

— Talvez – disse Tito com indiferença.

— Muito feio! – exclamou Adelaide.

— O que é então? – perguntou Emília.

— É um homem incapaz de amar – continuou Adelaide. – Não pode haver maior indiferença para o amor... Em resumo, prefere a um amor... o quê? um voltarete.

— Disse-te isso? – perguntou Emília.

— E repito – disse Tito. – Mas note bem, não por elas, é por mim. Acredito que todas as mulheres sejam credoras da minha adoração; mas eu é que sou feito de modo que nada mais lhes posso conceder do que uma estima desinteressada.

Emília olhou para o moço e disse:

— Se não é vaidade, é doença.

— Há de me perdoar, mas eu creio que não é doença nem vaidade. É natureza: uns aborrecem as laranjas, outros aborrecem os amores: agora, se o aborrecimento vem por causa das cascas, não sei; o que é certo é que é assim.

— É ferino! – disse Emília olhando para Adelaide.

— Ferino, eu? – disse Tito levantando-se. Sou uma seda, uma dama, um milagre de brandura... Dói-me, deveras, que eu não possa estar na linha dos outros homens, e não seja como todos, propenso a receber as impressões amorosas, mas que quer? a culpa não é minha.

– Anda lá – disse Azevedo –, o tempo te há de mudar.

– Mas quando? Tenho 29 anos feitos.

– Já 29? – perguntou Emília.

– Completei-os pela Páscoa.

– Não parece.

– São os seus bons olhos.

A conversa continuou por este modo, até que se anunciou o jantar. Emília e Diogo tinham jantado, ficaram apenas para fazer companhia ao casal Azevedo e a Tito, que declarou desde o princípio estar caindo de fome.

A conversa durante o jantar versou sobre cousas indiferentes.

Quando se servia o café, apareceu à porta um criado do hotel em que morava Diogo; trazia uma carta para este, com indicação no sobrescrito de que era urgente. Diogo recebeu a carta, leu-a e pareceu mudar de cor. Todavia continuou a tomar parte na conversa geral. Aquela circunstância, porém, deu lugar a que Adelaide perguntasse a Emília:

– Quando te deixará este eterno namorado?

– Eu sei cá! – respondeu Emília. – Mas, afinal de contas, não é mau homem. Tem aquela mania de me dizer no fim de todas as semanas que nutre por mim uma ardente paixão.

– Enfim, se não passa de declaração semanal...

– Não passa. Tem a vantagem de ser um braceiro infalível para a rua e um realejo menos mau dentro de casa. Já me contou umas cinquenta vezes as batalhas amorosas em que entrou. Todo o seu desejo é acompanhar-me a uma viagem à roda do globo. Quando me fala nisto, se é à noite, e é quase sempre à noite, mando vir o chá, excelente meio de aplacar-lhe os ardores amorosos. Gosta do chá que se pela. Gosta tanto como de mim! Mas aquela do urso branco? E se realmente mandou vir um urso?

– Aceita.

– Pois eu hei de sustentar um urso? Não me faltava mais nada! Adelaide sorriu-se e disse:

– Quer me parecer que acabas por te apaixonar...

– Por quem? Pelo urso?

– Não, pelo Diogo.

Neste momento achavam-se as duas perto de uma janela. Tito conversava no sofá com Azevedo. Diogo refletia profundamente, estendido numa poltrona.

Emília tinha os olhos em Tito. Depois de um silêncio, disse ela para Adelaide:

– Que achas ao tal amigo do teu marido? Parece um presumido. Nunca se apaixonou! É crível?

– Talvez seja verdade.

– Não acredito. Pareces criança! Diz aquilo dos dentes para fora...

– É verdade que não tenho maior conhecimento dele...

– Quanto a mim, pareceu-me não ser estranha aquela cara... mas não me lembro!

– Parece ser sincero... mas dizer aquilo é já atrevimento.

– Está claro...

– De que te ris?

– Lembra-me um do mesmo gênero que este – disse Emília. – Foi já há tempos. Andava sempre a gabar-se da sua isenção. Dizia que todas as mulheres eram para ele vasos da China: admirava-as e nada mais. Coitado! Caiu em menos de um mês. Adelaide, vi-o beijar-me a ponta dos sapatos... depois do que, desprezei-o.

– Que fizeste?

– Ah! não sei o que fiz. Santa Astúcia foi quem operou o milagre. Vinguei o sexo e abati um orgulhoso.

— Bem feito!

— Não era menos do que este. Mas falemos de cousas sérias... Recebi as folhas francesas de modas...

— Que há de novo?

— Muita cousa. Amanhã tas mandarei. Repara em um novo corte de mangas. É lindíssimo. Já mandei encomendas para a corte. Em artigos de passeios há fartura e do melhor.

— Para mim, quase que é inútil mandar.

— Por quê?

— Quase nunca saio de casa.

— Nem ao menos irás jantar comigo no dia de ano-bom?

— Oh! com toda a certeza!

— Pois vai... Ah! irá o homem? O sr. Tito?

— Se estiver cá... e quiseres...

— Pois que vá, não faz mal... saberei contê-lo... Creio que não será sempre tão... incivil. Nem sei como podes ficar com esse sangue-frio! A mim faz-me mal aos nervos!

— É-me indiferente.

— Mas a injúria ao sexo... não te indigna?

— Pouco.

— És feliz.

— Que queres que eu faça a um homem que diz aquilo? Se não fosse casada, era possível que me indignasse mais. Se fosse livre, era provável que lhe fizesse o que fizeste ao outro. Mas eu não posso cuidar dessas cousas...

— Nem ouvindo a preferência do voltarete? Pôr-nos abaixo da dama de copas! E o ar com que ele diz aquilo! Que calma, que indiferença!

– É mau! é mau!

– Merecia castigo...

– Merecia. Queres tu castigá-lo?

Emília fez um gesto de desdém e disse:

– Não vale a pena.

– Mas tu castigaste o outro.

– Sim... mas não vale a pena.

– Dissimulada!

– Por que dizes isso?

– Porque já te vejo meio tentada a uma nova vingança...

– Eu? Ora qual!

– Que tem? Não é crime...

– Não é decerto; mas... veremos.

– Ah! serás capaz?

– Capaz? – disse Emília com um gesto de orgulho ofendido.

– Beijar-te-á ele a ponta do sapato?

Emília ficou silenciosa por alguns momentos; depois, apontando com o leque para a botina que lhe calçava o pé, disse:

– E hão de ser estes.

Emília e Adelaide se dirigiram para o lado em que se achavam os homens. Tito, que parecia conversar intimamente com Azevedo, interrompeu a conversa para dar atenção às senhoras. Diogo continuava mergulhado na sua meditação.

– Então o que é isso, sr. Diogo? – perguntou Tito. – Está meditando?

– Ah! perdão, estava distraído!

– Coitado! – disse Tito baixo a Azevedo. Depois, voltando-se para as senhoras:

— Não as incomoda o charuto?

— Não senhor — disse Emília.

— Então, posso continuar a fumar?

— Pode — disse Adelaide.

— É um mau vício, mas é o meu único vício. Quando fumo, parece que aspiro a eternidade. Enlevo-me todo e mudo de ser. Divina invenção!

— Dizem que é excelente para os desgostos amorosos, disse Emília com intenção.

— Isso não sei. Mas não é só isto. Depois da invenção do fumo não há solidão possível. É a melhor companhia deste mundo. Demais, o charuto é um verdadeiro *Memento homo*: convertendo-se pouco a pouco em cinzas, vai lembrando ao homem o fim real e infalível de todas as coisas: é o aviso filosófico, é a sentença fúnebre que nos acompanha em toda a parte. Já é um grande progresso... Mas estou eu a aborrecer com uma dissertação tão pesada. Hão de desculpar... que foi descuido. Ora, a falar a verdade, eu já vou desconfiando; Vossa Excelência olha com olhos tão singulares...

Emília, a quem era dirigida a palavra, respondeu:

— Não sei se são singulares, mas são os meus.

— Penso que não são os do costume. Está talvez Vossa Excelência a dizer consigo que eu sou um esquisito, um singular, um...

— Um vaidoso, é verdade.

— Sétimo mandamento: não levantar falsos testemunhos.

— Falsos, diz o mandamento.

— Não me dirá em que sou eu vaidoso?

— Ah! a isso não respondo eu.

— Por que não quer?

– Porque... não sei. É uma cousa que se sente, mas que se não pode descobrir. Respira-lhe a vaidade em tudo: no olhar, na palavra, no gesto... mas não se atina com a verdadeira origem de tal doença.

– É pena. Eu tinha grande prazer em ouvir da sua boca o diagnóstico da minha doença. Em compensação, pode ouvir da minha o diagnóstico da sua... A sua doença é... Digo?

– Pode dizer.

– É um despeitozinho.

– Deveras?

– Vamos ver isso – disse Azevedo rindo-se.

Tito continuou:

– Despeito pelo que eu disse há pouco.

– Puro engano! – disse Emília rindo-se.

– É com toda a certeza. Mas é tudo gratuito. Eu não tenho culpa de cousa alguma. A natureza é que me fez assim.

– Só a natureza?

– E um tanto de estudo. Ora vou expor-lhe as minhas razões. Veja se posso amar ou pretender: primeiro, não sou bonito...

– Oh!... – disse Emília.

– Agradeço o protesto, mas continuo na mesma opinião: não sou bonito, não sou...

– Oh!... – disse Adelaide.

– Segundo: não sou curioso, e o amor, se o reduzirmos às suas verdadeiras proporções, não passa de uma curiosidade; terceiro: não sou paciente, e nas conquistas amorosas a paciência é a principal virtude; quarto, finalmente: não sou idiota, porque, se com todos estes defeitos pretendesse amar, mostraria a maior falta de razão. Aqui está o que eu sou por natural e por indústria.

– Emília, parece que é sincero.

– Acreditas?

– Sincero como a verdade – disse Tito.

– Em último caso, seja ou não seja sincero, que tenho eu com isso?

– Eu creio que nada – disse Tito.

CAPÍTULO II

No dia seguinte àquele em que se passaram as cenas descritas no capítulo anterior, entendeu o céu que devia regar com as suas lágrimas o solo da formosa Petrópolis.

Tito, que destinava esse dia a ver toda a cidade, foi obrigado a conservar-se em casa. Era um amigo que não incomodava, porque, quando era de mais, sabia escapar-se discretamente, e quando o não era, tornava-se o mais delicioso dos companheiros.

Tito sabia juntar muita jovialidade a muita delicadeza; sabia fazer rir sem saltar fora das conveniências. Acrescia que, voltando de uma longa e pitoresca viagem, trazia as algibeiras da memória (deixem passar a frase) cheias de vivas reminiscências. Tinha feito uma viagem de poeta e não de peralvilho. Soube ver e sabia contar. Estas duas qualidades, indispensáveis ao viajante, por desgraça são as mais raras. A maioria das pessoas que viajam nem sabem ver, nem sabem contar.

Tito tinha andado por todas as repúblicas do mar Pacífico, tinha vivido no México e em alguns Estados americanos. Tinha depois ido à Europa no paquete da linha de Nova Iorque. Viu Londres e Paris. Foi à Espanha, onde viveu a vida de alma viva, dando serenatas às janelas das Rosinas de hoje. Trouxe de lá alguns leques e mantilhas. Passou à Itália e levantou o espírito à altura das recordações da arte clássica. Viu a sombra de Dante nas ruas de Florença; viu as almas dos doges pairando saudosas sobre as águas viúvas do mar Adriático; a terra de Rafael, de Virgílio e Miguel Ângelo foi para ele uma fonte viva de recordações do passado e de impressões para o futuro. Foi à Grécia, onde soube evocar o espírito das gerações extintas que deram ao gênio da arte e da poesia um fulgor que atravessou as sombras dos séculos.

Viajou ainda mais o nosso herói, e tudo viu com olhos de quem sabe ver e tudo contava com alma de quem sabe contar. Azevedo e Adelaide passavam horas esquecidas.

— Do amor, dizia ele, eu só sei que é uma palavra de quatro letras, um tanto eufônica, é verdade, mas núncia de lutas e desgraças. Os bons amores são cheios de felicidade, porque têm a virtude de não alçarem olhos para as estrelas do céu; contentam-se com ceias à meia-noite e alguns passeios a cavalo ou por mar.

Esta era a linguagem constante de Tito. Exprimia ela a verdade, ou era uma linguagem de convenção? Todos acreditavam que a verdade estava na primeira hipótese, até porque essa era de acordo com o espírito jovial e folgazão de Tito.

No primeiro dia da residência de Tito em Petrópolis, a chuva, como disse acima, impediu que os diversos personagens desta história se encontrassem. Cada qual ficou na sua casa. Mas o dia imediato foi mais benigno; Tito aproveitou o bom tempo para ir ver a risonha cidade da serra. Azevedo e Adelaide quiseram acompanhá-lo; mandaram aparelhar três ginetes próprios para o ligeiro passeio.

Na volta foram visitar Emília. Durou poucos minutos a visita. A bela viúva recebeu-os com graça e cortesia de princesa. Era a primeira vez que Tito lá ia; e fosse por isso, ou por outra circunstância, foi ele quem mereceu as principais atenções da dona da casa.

Diogo, que então fazia a sua centésima declaração de amor a Emília, e a quem Emília acabava de oferecer uma chávena de chá, não viu com bons olhos a demasiada atenção que o viajante merecia da dama dos seus pensamentos. Essa, e talvez outras circunstâncias, faziam com que o velho Adônis assistisse à conversação com a cara fechada.

À despedida, Emília ofereceu a casa a Tito, com a declaração de que teria a mesma satisfação em recebê-lo muitas vezes. Tito aceitou cavalheiramente o oferecimento; feito o que, saíram todos.

Cinco dias depois desta visita, Emília foi à casa de Adelaide. Tito não estava presente; andava a passeio. Azevedo tinha saído para um negócio, mas voltou daí a alguns minutos. Quando, depois de uma hora de conversa, Emília, já de pé, preparava-se para voltar à casa, entrou Tito.

– Ia sair quando entrou – disse Emília. Parece que nos contrariamos em tudo.

– Não é por minha vontade – respondeu Tito –; pelo contrário, meu desejo é não contrariar pessoa alguma e, portanto, não contrariar Vossa Excelência.

– Não parece.

– Por quê?

Emília sorriu e disse com uma inflexão de censura:

– Sabe que me daria prazer se utilizasse do oferecimento de minha casa; ainda se não utilizou. Foi esquecimento?

– Foi.

– É muito amável...

– Sou muito franco. Eu sei que Vossa Excelência preferia uma delicada mentira; mas eu não conheço nada mais delicado que a verdade.

Emília sorriu.

Nesse momento entrou Diogo.

– Ia sair, D. Emília? – perguntou ele.

– Esperava o seu braço.

– Aqui o tem.

Emília despediu-se de Azevedo e de Adelaide. Quanto a Tito, no momento em que ele curvava-se respeitosamente, Emília disse-lhe com a maior placidez da alma:

– Há alguém tão delicado como a verdade: é o sr. Diogo. Espero dizer o mesmo...

– De mim? – interrompeu Tito. – Amanhã mesmo. Emília saiu pelo braço de Diogo.

No dia seguinte, com efeito, Tito foi à casa de Emília. Ela o esperava com certa impaciência. Como não soubesse a hora em que ele devia apresentar-se lá, a bela viúva esperou-o a todos os momentos, desde a manhã. Só ao cair da tarde é que Tito dignou-se aparecer.

Emília morava com uma tia velha. Era uma boa senhora, amiga da sobrinha, e inteiramente escrava da sua vontade. Isto quer dizer que não havia em Emília o menor receio que a boa tia não assinasse de antemão.

Na sala em que Tito foi recebido não estava ninguém. Ele teve, portanto, tempo de sobra para examiná-la à vontade. Era uma sala pequena, mas mobiliada e adornada com gosto. Móveis leves, elegantes e ricos; quatro finíssimas estatuetas, copiadas de Pradier, um piano de Erard, tudo disposto e arranjado com vida.

Tito gastou o primeiro quarto de hora no exame da sala e dos objetos que a enchiam. Esse exame devia influir muito no estudo que ele quisesse fazer do espírito da moça. Dize-me como moras, dir-te-ei quem és.

Mas o primeiro quarto de hora correu sem que aparecesse viva alma, nem que se ouvisse rumor de natureza alguma. Tito começou a impacientar-se. Já sabemos que espírito brusco era ele, apesar da suprema delicadeza que todos lhe reconheciam. Parece, porém, que a sua rudeza, quase sempre exercida contra Emília, era antes estudada que natural. O que é certo é que no fim de meia hora, aborrecido pela demora, Tito murmurou consigo:

– Quer tomar desforra!

E tomando o chapéu que havia posto numa cadeira ia dirigindo-se para a porta quando ouviu um farfalhar de sedas. Voltou a cabeça; Emília entrava.

– Fugia?

– É verdade.

– Perdoe a demora.

– Não há que perdoar; não podia vir, era natural que fosse por algum motivo sério. Quanto a mim, não tenho igualmente de que pedir perdão. Esperei, estava cansado, voltaria em outra ocasião. Tudo isto é natural.

Emília ofereceu uma cadeira a Tito e sentou-se num sofá.

– Realmente – disse ela acomodando o balão –, o sr. Tito é um homem original.

– É a minha glória. Não imagina como eu aborreço as cópias. Fazer o que muita gente faz, que mérito há nisso? Não nasci para esses trabalhos de imitação.

– Já uma cousa fez como muita gente.

– Qual foi?

– Prometeu-me ontem esta visita e veio cumprir a promessa.

– Ah! minha senhora, não lance isto à conta das minhas virtudes. Podia não vir; vim; não foi vontade, foi... acaso.

– Em todo caso, agradeço-lhe.

– É o meio de me fechar a sua porta.

– Por quê?

– Porque eu não me dou com esses agradecimentos; nem creio mesmo que eles possam acrescentar nada à minha admiração pela pessoa de Vossa Excelência. Fui visitar muitas vezes as estátuas dos museus da Europa, mas se elas se lembrassem de me agradecer um dia, dou-lhe a minha palavra que não voltava lá.

A estas palavras seguiu-se um silêncio de alguns segundos. Emília foi quem falou primeiro.

– Há muito tempo que se dá com o marido de Adelaide?

– Desde criança – respondeu Tito.

– Ah! foi criança?

– Ainda hoje sou.

– É exatamente o tempo das minhas relações com Adelaide. Nunca me arrependi.

– Nem eu.

– Houve um tempo – prosseguiu Emília –, em que estivemos separadas; mas isso não trouxe mudança alguma às nossas relações. Foi no tempo do meu primeiro casamento.

– Ah! foi casada duas vezes?

– Em dois anos.

– E por que enviuvou da primeira?

– Porque meu marido morreu – disse Emília rindo-se.

– Mas eu pergunto outra cousa. Por que se fez viúva, mesmo depois da morte de seu primeiro marido? Creio que poderia continuar casada.

– De que modo? – perguntou Emília com espanto.

– Ficando mulher do finado. Se o amor acaba na sepultura acho que não vale a pena de procurá-lo neste mundo.

– Realmente o sr. Tito é um espírito fora do comum.

– Um tanto.

– É preciso que o seja para desconhecer que a nossa vida não importa essas exigências da eterna fidelidade. E demais, pode-se conservar a lembrança dos que morrem sem renunciar às condições da nossa existência. Agora é que eu lhe pergunto por que me olha com olhos tão singulares?...

– Não sei se são singulares, mas são os meus.

– Então, acha que eu cometi uma bigamia?

– Eu não acho nada. Ora, deixe-me dizer-lhe a última razão da minha incapacidade para os amores.

– Sou toda ouvidos.

– Eu não creio na fidelidade.

– Em absoluto?

– Em absoluto.

– Muito obrigada.

– Ah! eu sei que isto não é delicado; mas, em primeiro lugar, eu tenho a coragem das minhas opiniões e, em segundo, foi Vossa Excelência quem me provocou. É infelizmente verdade, eu não creio nos amores leais e eternos. Quero fazê-la minha confidente. Houve um dia em que eu tentei amar; concentrei todas as forças vivas do meu coração; dispus-me a reunir o meu orgulho e a minha ilusão na cabeça do objeto amado. Que lição mestra! O objeto amado, depois de me alimentar as esperanças, casou-se com outro que não era nem mais bonito, nem mais amante.

– Que prova isso? – perguntou a viúva.

– Prova que me aconteceu o que pode acontecer e acontece diariamente aos outros.

– Ora...

– Há de me perdoar, mas eu creio que é uma cousa já metida na massa do sangue...

– Não diga isso. É certo que podem acontecer casos desses; mas serão todos assim? Não admite uma exceção? Aprofunde mais os corações alheios se quiser encontrar a verdade... e há de encontrar.

– Qual! – disse Tito abaixando a cabeça e batendo com a bengala na ponta do pé.

– Posso afirmá-lo – disse Emília.

– Duvido.

– Tenho pena de uma criatura assim – continuou a viúva. Não conhecer o amor é não conhecer a vida! Há nada igual à união de duas almas que se adoram? Desde que o amor entra no coração, tudo se transforma, tudo muda, a noite parece dia, a dor assemelha-se ao prazer... Se não conhece nada disto, pode morrer, porque é o mais infeliz dos homens.

– Tenho lido isso nos livros, mas ainda não me convenci...

– Já reparou na minha sala?

– Já vi alguma cousa.

– Reparou naquela gravura?

Tito olhou para a gravura que a viúva lhe indicava.

– Se me não engano – disse ele –, aquilo é o Amor domando as feras.

– Veja e convença-se.

– Com a opinião do desenhista? – perguntou Tito. – Não é possível. Tenho visto gravuras vivas. Tenho servido de alvo a muitas setas; crivam-me todo, mas eu tenho a fortaleza de S. Sebastião; afronto, não me curvo.

– Que orgulho!

– O que pode fazer dobrar uma altivez destas? A beleza? Nem Cleópatra. A castidade? Nem Susana. Resuma, se quiser, todas as qualidades em uma só criatura, e eu não mudarei... É isto e nada mais.

Emília levantou-se e dirigiu-se para o piano.

– Não aborrece a música? – perguntou ela abrindo o piano.

– Adoro-a – respondeu o moço sem se mover –; agora, quanto aos executantes, só gosto dos bons. Os maus dão-me ímpetos de enforcá-los.

Emília executou ao piano os prelúdios de uma sinfonia. Tito ouvia-a com a mais profunda atenção. Realmente a bela viúva tocava divinamente.

– Então – disse ela levantando-se –, devo ser enforcada?

– Deve ser coroada. Toca perfeitamente.

– Outro ponto em que não é original. Toda a gente me diz isso.

– Ah! eu também não nego a luz do sol.

Neste momento entrou na sala a tia de Emília. Esta apresentou-lhe Tito. A conversa tomou então um tom pessoal e reservado; durou pouco, aliás, porque Tito, travando repentinamente do chapéu, declarou que tinha que fazer.

– Até quando?

– Até sempre. Despediu-se e saiu.

Emília ainda o acompanhou com os olhos por algum tempo, da janela da casa. Mas Tito, como se o caso não fosse com ele, seguiu sem olhar para trás.

Mas, exatamente no momento em que Emília voltava para dentro, Tito encontrava o velho Diogo.

Diogo ia na direção da casa da viúva. Tinha um ar pensativo. Tão distraído ia que chegou quase a esbarrar com Tito.

– Onde vai tão distraído? – perguntou Tito.

– Ah! é o senhor? Vem da casa de d. Emília?

– Venho.

– Eu para lá vou. Coitada! há de estar muito impaciente com a minha demora.

– Não está, não senhor – respondeu Tito com o maior sangue-frio. Diogo lançou-lhe um olhar de despeito.

A isso seguiu-se um silêncio de alguns minutos, durante o qual Diogo brincava com a corrente do relógio, e Tito lançava ao ar novelos de fumaça de um primoroso Havana. Um desses novelos foi desenrolar-se na cara de Diogo. O velho tossiu e disse a Tito:

– Apre lá, sr. Tito! É demais!

– O quê, meu caro senhor? – perguntou o rapaz.

– Até a fumaça!

– Foi sem reparar. Mas eu não compreendo as suas palavras...

– Eu me faço explicar – disse o velho, tomando um ar risonho. – Dê-me o seu braço...

– Pois não!

E os dois seguiram conversando como dois amigos velhos.

– Estou pronto a ouvir a sua explicação.

– Lá vai. Sabe o que eu quero? É que seja franco. Não ignora que eu suspiro aos pés da viúva. Peço-lhe que não discuta o fato, admita-o simplesmente. Até aqui tudo ia caminhando bem, quando o senhor chegou a Petrópolis.

– Mas...

– Ouça-me silenciosamente. Chegou o senhor a Petrópolis, e sem que eu lhe tivesse feito mal algum, entendeu de si para si que me havia de tirar do lance. Desde então começou a corte...

– Meu caro sr. Diogo, tudo isso é uma fantasia. Eu não faço a corte a d. Emília, nem pretendo fazer-lha. Vê-me acaso frequentar a casa dela?

– Acaba de sair de lá.

– É a primeira vez que a visito.

– Quem sabe?

– Demais, ainda ontem não ouviu em casa de Azevedo as expressões com que ela se despediu de mim? Não são de mulher que...

– Ah! isso não prova nada. As mulheres, e sobretudo aquela, nem sempre dizem o que sentem...

– Então acha que aquela sente alguma cousa por mim?...

– Se não fosse isso, não lhe falaria.

– Ah! ora eis aí uma novidade.

– Suspeito apenas. Ela só me fala do senhor; indaga-me vinte vezes por dia de sua pessoa, dos seus hábitos, do seu passado e das suas opiniões... Eu, como há de acreditar, respondo a tudo que não sei, mas vou criando um ódio ao senhor, do qual não me poderá jamais criminar.

— É culpa minha se ela gosta de mim? Ora, vá descansado, sr. Diogo. Nem ela gosta de mim, nem eu gosto dela. Trabalhe desassombradamente e seja feliz.

— Feliz! se eu pudesse ser! Mas não... não creio; a felicidade não se fez para mim. Olhe, sr. Tito, amo aquela mulher como se pode amar a vida. Um olhar dela vale mais para mim que um ano de glórias e de felicidade. É por ela que eu tenho deixado os meus negócios à toa. Não viu outro dia que uma carta me chegou às mãos, cuja leitura me fez entristecer? Perdi uma causa. Tudo por quê? Por ela!

— Mas ela não lhe dá esperanças?

— Eu sei o que é aquela moça! Ora trata-me de modo que eu vou ao sétimo céu; ora é tal a sua indiferença que me atira ao inferno. Hoje um sorriso, amanhã um gesto de desdém. Ralha-me de não visitá-la; vou visitá-la, ocupa-se tanto de mim como de Ganimedes; Ganimedes é o nome de um cãozinho felpudo que eu lhe dei. Importa-se tanto comigo como com o cachorro... É de propósito. É um enigma aquela moça.

— Pois não serei eu quem o decifre, sr. Diogo. Desejo-lhe muita felicidade. Adeus.

E os dois separaram-se. Diogo seguiu para a casa de Emília, Tito para a casa de Azevedo.

Tito acabava de saber que a viúva pensava nele; todavia, isso não lhe dera o menor abalo. Por quê? É o que saberemos mais adiante. O que é preciso dizer desde já, é que as mesmas suspeitas despertadas no espírito de Diogo, tivera a mulher de Azevedo. A intimidade de Emília dava lugar a uma franca interrogação e a uma confissão franca. Adelaide, no dia seguinte àquele em que se passou a cena que referi acima, disse a Emília o que pensava.

A resposta da viúva foi uma risada.

– Não te compreendo – disse a mulher de Azevedo.

– É simples – disse a viúva. Julgas-me capaz de apaixonar-me pelo amigo de teu marido? Enganas-te. Não, eu não o amo. Somente, como te disse no dia em que o vi aqui pela primeira vez, empenho-me em tê-lo a meus pés. Se bem me recordo foste tu mesma quem me deu conselho. Aceitei-o. Hei de vingar o nosso sexo. É um pouco de vaidade minha, embora; mas eu creio que aquilo que nenhuma fez, fá-lo-ei eu.

– Ah! cruelzinha! É isso?

– Nem mais, nem menos.

– Achas possível?

– Por que não?

– Reflete que a derrota será dupla...

– Será, mas não há de haver.

Esta conversa foi interrompida por Azevedo. Um sinal de Emília fez calar Adelaide. Ficou convencionado que nem mesmo Azevedo saberia de cousa alguma. E, com efeito, Adelaide nada comunicou a seu marido.

CAPÍTULO III

Tinham-se passado oito dias depois do que acabo de narrar.

Tito, como o temos visto até aqui, estava no terreno do primeiro dia. Passeava, lia, conversava e parecia inteiramente alheio aos planos que se tramavam em roda dele. Durante esse tempo foi apenas duas vezes à casa de Emília, uma com a família de Azevedo, outra com Diogo. Nestas visitas era sempre o mesmo, frio, indiferente, impassível. Não havia olhar, por mais sedutor e significativo, que o abalasse; nem a ideia de que andava no pensamento da viúva era capaz de animá-lo.

– Por que, ao menos, se não é capaz de amar, não procura entreter um desses namoros de sala, que tanto lisonjeiam a vaidade dos homens?

Esta pergunta era feita por Emília a si mesma, sob a impressão da estranheza que lhe causava a indiferença do rapaz. Ela não compreendia que Tito pudesse conservar-se de gelo diante dos seus encantos. Mas infelizmente era assim.

Cansada de trabalhar em vão, a viúva determinou dar um golpe mais decisivo. Encaminhou a conversa para as doçuras do casamento e lamentou o estado de sua viuvez. O casal Azevedo era para ela o tipo da perfeita felicidade conjugal. Apresentava-o aos olhos de Tito como um incentivo para quem queria ser venturoso na terra. Nada, nem a tese, nem a hipótese, nada moveu a frieza de Tito.

Emília jogava um jogo perigoso. Era preciso decidir entre os seus desejos de vingar o sexo e as conveniências da sua posição; mas ela era de um caráter imperioso; respeitava muito os princípios de sua moral severa, mas não acatava do mesmo modo as conveniências de que a sociedade cercava essa moral. A vaidade impunha no espírito dela, com força prodigiosa. Assim que a bela viúva foi usando todos os meios que era lícito empregar para fazer apaixonar Tito.

Mas, apaixonado ele, o que faria ela? A pergunta é ociosa; desde que ela o tivesse aos pés, trataria de conservá-lo aí fazendo parelha ao velho Diogo. Era o melhor troféu que uma beleza altiva pode ambicionar.

Uma manhã, oito dias depois das cenas referidas no capítulo anterior, apareceu Diogo em casa de Azevedo. Tinham aí acabado de almoçar; Azevedo subira para o gabinete, a fim de aviar alguma correspondência para a corte; Adelaide achava-se na sala do pavimento térreo.

Diogo entrou com uma cara contristada, como nunca se lhe vira. Adelaide correu para ele.

– Que é isso? – perguntou ela.

– Ah! minha senhora... sou o mais infeliz dos homens!

– Por quê? Venha sentar-se...

Diogo sentou-se, ou antes deixou-se cair na cadeira que Adelaide lhe ofereceu. Esta tomou lugar ao pé dele, animou-o a contar as suas mágoas.

– Então, que há?

– Duas desgraças – respondeu ele. – A primeira em forma de sentença. Perdi mais uma demanda. É uma desgraça isto, mas não é nada...

– Pois há maior?...

– Há. A segunda desgraça foi em forma de carta.

– De carta? – perguntou Adelaide.

– De carta. Veja isto.

Diogo tirou da carteira uma cartinha cor-de-rosa, cheirando à essência de magnólia.

Adelaide leu a carta para si.

Quando ela acabou, perguntou-lhe o velho:

– Que me diz a isto?

– Não compreendo – respondeu Adelaide.

– Esta carta é dela.

– Sim, e depois?

– É para ele.

– Ele quem?

– Ele! o diabo! o meu rival! o Tito!

– Ah!

– Dizer-lhe o que senti quando apanhei esta carta, é impossível. Nunca tremi na minha vida! Mas quando li isto, não sei que vertigem se apoderou de mim. Ando tonto! A cada passo como que desmaio... Ah!

– Ânimo! – disse Adelaide.

– É isto mesmo que eu vinha buscar... é uma consolação, uma animação. Soube que estava aqui e estimei achá-la só... Ah! quanto sinto que o estimável seu marido esteja vivo... porque a melhor consolação era aceitar Vossa Excelência um coração tão mal compreendido.

– Felizmente ele está vivo.

Diogo soltou um suspiro e disse: – Felizmente!

E depois de um silêncio continuou:

– Tive duas ideias: uma foi o desprezo; mas desprezá-los é pô-los em maior liberdade e ralar-me de dor e de vergonha; a segunda foi o duelo... é melhor... eu mato... ou...

– Deixe-se disso.

– É indispensável que um de nós seja riscado do número dos vivos.

– Pode ser engano...

– Mas não é engano, é certeza.

– Certeza de quê?

Diogo abriu o bilhete e disse:

– Ora, ouça:

> *"Se ainda não me compreendeu é bem curto de penetração. Tire a máscara e eu me explicarei. Esta noite tomo chá sozinha. O importuno Diogo não me incomodará com as suas tolices. Dê-me a felicidade de vê-lo e admirá-lo.*
>
> EMÍLIA"

– Mas que é isto?

– Que é isto? Ah! se fosse mais do que isto já eu estava morto! Pude pilhar a carta, e a tal entrevista não se deu...

– Quando foi escrita a carta?

– Ontem.

– Tranquilize-se. É capaz de guardar um segredo? O que lhe vou dizer é grave. Mas só a sua aflição me faz falar. Posso afirmar-lhe que esta carta é uma pura caçoada. Trata-se de vingar o nosso sexo ultrajado; trata-se de fazer com que Tito se apaixone... nada mais.

Diogo estremeceu de alegria.

– Sim? – perguntou ele.

– É pura verdade. Mas veja lá, isto é segredo. Se lho descobri foi por vê-lo aflito. Não nos comprometa.

– Isso é sério? – insistiu Diogo.

– Como quer que lho diga?

– Ah! que peso me tirou! Pode estar certa de que o segredo caiu num poço. Oh! muito me hei de rir... muito me hei de rir... Que boa inspiração tive em vir falar-lhe! Diga-me, posso dizer a d. Emília que sei tudo?

– Não!

– É então melhor que não me dê por achado...

– Sim.

– Muito bem!

Dizendo estas palavras o velho Diogo esfregava as mãos e piscava os olhos. Estava radiante. Quê! ver o suposto rival sendo vítima dos laços da viúva! Que glória! Que felicidade!

Nisto estava quando à porta do interior apareceu Tito. Acabava de levantar-se da cama.

– Bom dia, d. Adelaide – disse ele dirigindo-se para a mulher de Azevedo. Depois, sentando-se e voltando a cara para Diogo:

– Bom dia – disse. Está hoje alegre... Tirou a sorte grande?

– A sorte grande? – perguntou Diogo. – Tirei... tirei...

– Dormiu bem? – perguntou Adelaide a Tito.

– Como um justo que sou. Tive sonhos cor-de-rosa: sonhei com o sr. Diogo.

– Ah! sonhou comigo? – murmurou entre dentes o velho namorado. – Coitado! tenho pena dele!

– Mas onde está Azevedo? – perguntou Tito a Adelaide.

– Anda de passeio.

– Já?

– Pois então. Onze horas.

– Onze horas! É verdade, acordei muito tarde. Tinha duas visitas para fazer: uma a d. Emília...

– Ah! – disse Diogo.

– De que se espanta, meu caro?

– De nada! de nada!

– Bom; vou mandar pôr o seu almoço – disse Adelaide.

Os dois ficaram sós. Tito acendeu um cigarro de palha; Diogo afetava grande distração, mas olhava sorrateiramente para o moço. Este, apenas soltou duas fumaças, voltou-se para o velho e disse:

– Como vão os seus amores?

– Que amores?

– Os seus, a Emília... Já lhe fez compreender toda a imensidade da paixão que o devora?

– Qual... Preciso de algumas lições... Se mas quisesse dar?

– Eu? Está sonhando!

– Ah! eu sei que o senhor é forte... É modesto, mas é forte... e até fortíssimo! Ora, eu sou realmente um aprendiz... Tive há pouco a ideia de desafiá-lo.

– A mim?

– É verdade, mas foi uma loucura de que me arrependi...

– Além de que não é uso em nosso país...

– Em toda a parte é uso vingar a honra.

– Bravo, D. Quixote!

– Ora, eu acreditava-me ofendido na honra.

– Por mim?

– Mas emendei a mão; reparei que era antes eu quem ofendia pretendendo lutar com um mestre, eu simples aprendiz?...

– Mestre de quê?

– Dos amores! Oh! eu sei que é mestre...

– Deixe-se disso... eu não sou nada... o sr. Diogo, sim; o senhor vale um urso, vale mesmo dois. Como havia de eu... Ora!... Aposto que teve ciúmes?

– Exatamente.

– Mas era preciso não me conhecer; não sabe das minhas ideias?

– Homem, às vezes é pior.

– Pior, como?

– As mulheres não deixam uma afronta sem castigo... As suas ideias são afrontosas... Qual será o castigo? Paro aqui... paro aqui...

– Onde vai?

– Vou sair. Adeus. Não se lembre mais da minha desastrada ideia do duelo...

– Que está acabado... Ah! o senhor escapou.

– De quê?

– De morrer. Eu enfiava-lhe a espada por esse abdômen... com um gosto... com um gosto só comparável ao que tenho de abraçá-lo vivo e são!

Diogo riu-se com um sorriso amarelo.

– Obrigado, obrigado. Até logo!

– Venha cá, onde vai? Não se despede de d. Adelaide?

– Eu já volto – disse Diogo, travando do chapéu e saindo precipitadamente. Tito ainda o acompanhou com os olhos.

"Este sujeito", disse o moço consigo quando se viu só, "não tem nada de original. Aquela opinião a respeito das mulheres não é dele... Melhor... já se conspira; é o que me convém. Hás de vir! hás de vir!"

Um criado alemão veio anunciar a Tito que o almoço estava preparado. Tito ia entrando quando assomou à porta a figura de Azevedo.

– Ora, graças a Deus! O meu amigo não se levanta com o sol. Estás com olhos de quem acaba de dormir.

– É verdade, e vou almoçar.

Dirigiram-se os dois para dentro, onde a mesa estava posta, à espera de Tito.

– Almoças outra vez? – perguntou Tito.

– Não.

– Pois então vais ver como se come.

Tito sentou-se à mesa; Azevedo estirou-se num sofá.

– Onde foste? – perguntou Tito.

– Fui passear... Compreendi que é preciso ver e admirar o que é indiferente, para apreciar e ver aquilo que faz a felicidade íntima do coração.

– Ah! sim? Bem vês que até a felicidade por igual fatiga! Afinal sempre a razão do meu lado.

– Talvez. Apesar de tudo, quer-me parecer que já intentas entrar na família dos casados.

– Eu?

– Tu, sim.

– Por quê?

– Mas, dize, é ou não verdade?

– Qual, verdade!

– O que sei, é que uma destas tardes em que adormeceste lendo, não sei que livro, ouvi-te pronunciar em sonhos, com a maior ternura, o nome de Emília.

– Deveras? – perguntou Tito mastigando.

– É exato. Concluí que se sonhavas com ela é que a tinhas no pensamento, e se a tinhas no pensamento é que a amavas.

– Concluíste mal.

– Mal?

– Concluíste como um marido de cinco meses. Que prova um sonho? Não prova nada! Pareces velha supersticiosa...

– Mas, enfim, alguma cousa há por força... Serás capaz de me dizeres o que é?

– Homem, podia dizer-te alguma cousa se não fosses casado...

– Que tem que eu seja casado?

– Tem tudo. Seria indiscreto sem querer e até sem saber. À noite, entre um beijo e um bocejo, o marido e a mulher abrem um para o outro a bolsa das confidências. Sem pensares, podes deitar tudo a perder.

– Não digas isso. Vamos lá. Há novidade?

– Não há nada.

– Confirmas as minhas suspeitas. Gostas da Emília.

– Ódio não lhe tenho, é verdade.

– Gostas. E ela merece. É uma boa senhora, de não vulgar beleza, possuindo as melhores qualidades. Talvez preferisses que não fosse viúva?...

– Sim; é natural que se embale dez vezes por dia na lembrança dos dois maridos que já exportou para o outro mundo... à espera de exportar o terceiro...

– Não é dessas...

– Afianças?

– Quase que posso afiançar.

– Ah! meu amigo – disse Tito levantando-se da mesa e indo acender um charuto –, toma o conselho de um tolo: nunca afiances nada, principalmente em tais assuntos. Entre a prudência discreta e a cega confiança não é lícito duvidar, a escolha está decidida nos próprios termos da primeira. O que podes tu afiançar a respeito de Emília? Não a conheces melhor do que eu. Há quinze dias que nos conhecemos, e eu já lhe leio no interior; estou longe de atribuir-lhe maus sentimentos, mas tenho a certeza de que não possui as raríssimas qualidades que são necessárias à exceção. Que sabes tu?

– Realmente, eu não sei nada.

"Não sabes nada!", disse Tito consigo.

– Falo pelas minhas impressões. Parecia-me que um casamento entre vocês, ambos, não vinha fora de propósito.

– Se me falas outra vez em casamento, saio.

– Pois só a palavra?

– A palavra, a ideia, tudo.

– Entretanto, admiras e aplaudes o meu casamento...

– Ah! eu aplaudo nas outras muitas cousas de que não sou capaz de usar. Depende da vocação...

Adelaide apareceu à porta da sala de jantar. A conversa cessou entre os dois rapazes.

– Trago-lhe uma notícia.

– Que notícia? – perguntaram-lhe os dois.

– Recebi um bilhete de Emília... Pede-nos que vamos lá amanhã, porque...

– Por quê? – perguntou Azevedo.

– Talvez dentro de oito dias se retire para a cidade.

– Ah! – disse Tito, com a maior indiferença deste mundo.

– Apronta as tuas malas – disse Azevedo a Tito.

– Por quê?

– Não segues os passos da deusa?

– Não zombes, cruel amigo! Quando não...

– Anda lá...

Adelaide sorriu ouvindo estas palavras.

Daí a meia hora Tito subiu para o gabinete em que Azevedo tinha os livros. Ia, dizia, ler as Confissões de Santo Agostinho.

– Que repentina viagem é esta? – perguntou Azevedo à sua mulher.

– Tens muito empenho em saber?

– Tenho.

– Pois bem. Olha que é segredo. Eu não sei positivamente, mas creio que é uma estratégia.

– Estratégia? Não entendo.

– Eu te digo. Trata-se de prender o Tito.

– Prender?

– Estás hoje tão bronco! Prender pelos laços do amor...

– Ah!

– Emília julgou que deve fazê-lo. É só para brincar. No dia em que ele se declarar vencido, fica ela vingada do que ele disse contra o sexo.

– Não está mau... E tu entras nesta estratégia...

– Como conselheira.

– Trama-se então contra um amigo, um alter ego.

– Tá, tá, tá. Cala a boca. Não vás fazer abortar o plano.

Azevedo riu-se a bandeiras despregadas. No fundo achava engraçada a punição premeditada ao pobre Tito.

A visita que Tito disse ter de fazer à viúva naquele dia, não se realizou.

Diogo, que apenas saíra da casa de Azevedo, ciente das intenções da viúva, fora para casa desta esperar o rapaz, embalde lá esteve durante o dia, embalde jantou, embalde aborreceu a tarde inteira tanto a Emília como à tia; Tito não apareceu.

Mas, à noite, à hora em que Diogo, já vexado de tanta demora na casa da moça, tratava de sair, anunciou-se a chegada de Tito.

Emília estremeceu; mas esse movimento escapou a Diogo. Tito entrou na sala onde se achavam Emília, a tia e Diogo.

– Não contava com a sua visita – disse a viúva.

– Eu sou assim; apareço quando não me esperam. Sou como a morte e a sorte grande.

– Agora é a sorte grande – disse Emília.

– Que número é o seu bilhete, minha senhora?

– Número doze, isto é, doze horas que tenho tido o prazer de ter hoje aqui o sr. Diogo...

– Doze horas! – exclamou Tito, voltando-se para o velho.

– Sem que ainda o nosso bom amigo nos contasse uma história...

– Doze horas! – repetiu Tito.

– Que admira, meu caro senhor? – perguntou Diogo.

– Acho um pouco estirado...

– As horas contam-se quando são aborrecidas... Peço para me retirar...

E dizendo isto, Diogo travou do chapéu para sair lançando um olhar de despeito e ciúme para a viúva.

– Que é isso? – perguntou esta. Onde vai?

– Dou asas às horas – respondeu Diogo ao ouvido de Emília; vão correr depressa agora.

– Perdoo-lhe e peço que se sente. Diogo sentou-se.

A tia de Emília pediu licença para retirar-se alguns minutos. Ficaram os três.

– Mas então – disse Tito –, nem ao menos uma história contou?

– Nenhuma.

Emília lançou um olhar a Diogo como para tranquilizá-lo. Este, mais calmo então, lembrou-se do que Adelaide lhe havia dito, e voltou às boas.

"Afinal de contas", disse ele consigo, "o caçoado é ele. Eu sou apenas o meio de prendê-lo... Contribuamos para que se lhe tire a proa."

– Nenhuma história – continuou Emília.

– Pois olhe, eu sei muitas – disse Diogo com intenção.

– Conte uma de tantas que sabe – disse Tito.

– Nada! Por que não conta o senhor?

– Se faz empenho...

– Muito... muito – disse Diogo piscando os olhos. – Conte lá, por exemplo, a história do taboqueado, a história das imposturas do amor, a história dos viajantes encouraçados; vá, vá.

– Não, vou contar a história de um homem e de um macaco.

– Oh! – disse a viúva.

– É muito interessante – disse Tito. – Ora, ouçam...

– Perdão – interrompeu Emília –, será depois do chá.

– Pois sim.

Daí a pouco servia-se o chá aos três. Findo ele, Tito tomou a palavra e começou a história:

"*HISTÓRIA DE UM HOMEM E DE UM MACACO*

Não longe da vila ***, no interior do Brasil, morava há uns vinte anos um homem de 35 anos, cuja vida misteriosa era o objeto das conversas das vilas próximas e o objeto do terror que experimentavam os viajantes que passavam na estrada a dois passos da casa.

A própria casa era já de causar apreensões ao espírito menos timorato. Vista de longe nem parecia casa, tão baixinha era. Mas quem se aproximasse conheceria aquela construção singular. Metade do edifício estava ao nível do chão e metade abaixo da terra. Era, entretanto, uma casa solidamente construída. Não tinha porta nem janelas. Tinha um vão quadrado que servia ao mesmo tempo de janela e de porta. Era por ali que o misterioso morador entrava e saía.

Pouca gente o via sair, não só porque ele raras vezes o fazia, como porque o fazia em horas impróprias. Era nas horas da lua cheia que o solitário deixava a residência para ir passear nos arredores. Levava sempre consigo um grande macaco, que acudia pelo nome de Calígula.

O macaco e o homem, o homem e o macaco, eram dois amigos inseparáveis, dentro e fora de casa, na lua nova.

Mil versões corriam a respeito deste misterioso solitário.

A mais geral é que era um feiticeiro. Havia uma que o dava por doudo; outra por simplesmente atacado de misantropia.

Esta última versão tinha por si duas circunstâncias: a primeira era não constar nada de positivo que fizesse reconhecer no homem hábitos de feiticeiro ou alienado; a segunda era a amizade que ele parecia votar ao macaco e o horror com que fugia ao olhar dos homens.

Quando a gente se aborrece dos homens toma sempre a afeição dos animais, que têm a vantagem de não discorrer, nem intrigar.

O misterioso... É preciso dar-lhe um nome: chamemo-lo Daniel. Daniel preferia o macaco, e não falava a mais homem algum. Algumas vezes os viajantes que passavam pela estrada ouviam partir de dentro da casa gritos do macaco e do homem; era o homem que afagava o macaco.

Como se alimentavam aquelas duas criaturas? Houve quem visse um dia de manhã abrir-se a porta, sair o macaco e voltar pouco depois com um embrulho na boca. O tropeiro que presenciava esta cena quis descobrir onde ia o macaco buscar aquele embrulho que levava sem dúvida os alimentos dos dois solitários. Na manhã seguinte, introduziu-se no mato; o macaco chegou à hora do costume, e dirigiu-se para um tronco de árvore; havia sobre esse tronco um grande galho, que o bicho atirou ao chão. Depois, introduzindo as mãos no interior do velho tronco, tirou um embrulho igual ao da véspera e partiu.

O tropeiro persignou-se, e tão apreensivo ficou com a cena que acabava de presenciar que não a contou a ninguém.

Durava esta existência três anos.

Durante esse tempo o homem não envelhecera. Era o mesmo que no primeiro dia. Longas barbas ruivas e cabelos grandes caídos para trás. Usava um grande casaco de baeta, tanto no inverno, como no verão. Calçava botas e não usava chapéu.

Era impossível aos passageiros e aos moradores das vizinhanças penetrar na casa do solitário. Não o será decerto para nós, minha bela senhora, e meu caro amigo.

A casa divide-se em duas salas e um quarto. Uma sala é para jantar; a outra é... a de visitas. O quarto é ocupado pelos dois moradores, Daniel e Calígula.

As duas salas são de iguais dimensões; o quarto é uma metade da sala. A mobília da primeira sala compõe-se de dois sujos bancos encostados à parede, uma mesa baixa no centro. O chão é assoalhado. Pendem das paredes dois retratos: um de moça, outro de velho. A moça é uma figura angélica e deliciosa. O velho inspirava respeito e admiração. Das outras duas paredes pendem, de um lado uma faca de cabo de marfim, e do outro uma mão de defunto, amarela e seca.

A sala de jantar tem apenas uma mesa e dois bancos.

A mobília do quarto resume-se num grabato em que dorme Daniel. Calígula estende-se no chão, junto à cabeceira do dono.

Tal é a mobília da casa.

A casa, que de fora parece não ter capacidade suficiente para conter um homem em pé, é, contudo, suficiente, visto estar, como disse, entranhada no chão.

Que vida terão passado aí dentro o macaco e o homem, no espaço de três anos? Não saberei dizê-lo.

Quando Calígula traz de manhã o embrulho, Daniel divide a comida em duas porções, uma para o almoço, outra para o jantar. Depois homem e macaco sentam-se em face um do outro na sala de jantar e comem irmãmente as duas refeições.

Quando chega a lua cheia, saem os dois solitários, como já disse, todas as noites, até a época em que a lua passa a ser minguante. Saem às 10 horas, pouco mais ou menos, e voltam pouco mais ou menos às 2 horas da madrugada. Quando entram, Daniel tira a mão do finado que pende da parede e dá com ela duas bofetadas em si próprio. Feito isto, vai deitar-se;

Calígula acompanha-o.

Uma noite, era no mês de junho, época de lua cheia, Daniel preparou-se para sair. Calígula deu um pulo e saltou à estrada. Daniel fechou a porta, e lá se foi com o macaco estrada acima.

A lua, inteiramente cheia, projetava os seus reflexos pálidos e melancólicos na vasta floresta que cobria colinas próximas, e clareava toda a vasta campina que rodeava a casa.

Só se ouvia ao longe o murmúrio de uma cachoeira, e ao perto o piar de algumas corujas e o chilrar de uma infinidade de grilos espalhados na planície.

Daniel caminhava pausadamente, levando um pau debaixo do braço, e acompanhado do macaco, que saltava do chão aos ombros de Daniel e dos ombros de Daniel para o chão.

Mesmo sem a forma lúgubre que tinha aquele lugar por causa da residência do solitário, qualquer pessoa que encontrasse àquela hora Daniel e o macaco corria risco de morrer de medo. Daniel, extremamente magro e alto, tinha em si um ar lúgubre. Os cabelos da barba e da cabeça, crescidos em abundância, faziam a sua cabeça ainda maior do que era. Sem chapéu, era uma cabeça verdadeiramente satânica.

Calígula, que nos outros dias era um macaco ordinário, tomava, naquelas horas de passeio noturno, um ar tão lúgubre e tão misterioso como o de Daniel.

Havia já uma hora que os dois solitários tinham saído de casa. A casa ficara já um pouco longe. Nada mais natural do que chegar a polícia nessa ocasião, tomar a entrada da casa e reconhecer o mistério. Mas a polícia, apesar dos meios que tinha à sua disposição, não se animava a investigar o mistério que o povo reputava diabólico. Também a polícia é humana, e nada do que é humano lhe é desconhecido.

Havia uma hora, disse eu, que os dois passeadores tinham saído de casa. Começavam então a subir uma pequena colina..."

Tito foi interrompido por um bocejo do velho Diogo.

– Quer dormir? – perguntou o rapaz.

– É o que vou fazer.

– Mas a história?

– A história é muito divertida. Até aqui só temos visto duas cousas, um homem e um macaco; perdão... temos mais dois, um macaco e um homem. É muito divertida! Mas, para variar, o homem vai sair e fica o macaco.

Dizendo estas palavras com uma raiva cômica, Diogo travou do chapéu e saiu.

Tito soltou uma gargalhada.

— Mas vamos ao fim da história...

— Que fim, minha senhora? Eu já estava em talas por não saber como continuar... Era um meio de servi-la. Vejo que é um velho aborrecido...

— Não é, está enganado.

— Ah! não?

— Divirto-me com ele. O que não impede que a presença do senhor me dê infinito prazer...

— Vossa Excelência disse agora uma falsidade.

— Qual foi?

— Disse que lhe era agradável a minha conversa. Ora, isso é falso como tudo quanto é falso...

— Quer um elogio?

— Não, falo franco. Eu nem sei como Vossa Excelência me atura; desabrido, maçante, chocarreiro, sem fé em cousa alguma, sou um conversador muito pouco digno de ser desejado. É preciso ter uma grande soma de bondade para ter expressões tão benévolas... tão amigas...

— Deixe esse ar de mofa, e...

— Mofa, minha senhora?

— Ontem eu e minha tia tomamos chá sozinhas! sozinhas!...

— Ah!

— Contava que o senhor viesse aborrecer-se uma hora conosco...

— Qual aborrecer... Eu lhe digo: o culpado foi o Ernesto.

— Ah! foi ele?

— É verdade; deu comigo aí em casa de uns amigos, éramos quatro ao todo, rolou a conversa sobre o voltarete e acabamos por formar mesa. Ah! mas foi uma noite completa! Aconteceu-me o que me acontece sempre: ganhei!

– Está bom.

– Pois olhe, ainda assim eu não jogava com pexotes; eram mestres de primeira força: um principalmente; até às 11 horas a fortuna pareceu desfavorecer-me, mas dessa hora em diante desandou a roda para eles e eu comecei a assombrar... pode ficar certa de que os assombrei. Ah! é que eu tenho diploma... mas que é isso, está chorando?

Emília tinha com efeito o lenço nos olhos. Chorava? É certo que quando tirou o lenço dos olhos, tinha-os úmidos. Voltou-se contra a luz e disse ao moço:

– Qual... pode continuar.

– Não há mais nada; foi só isto – disse Tito.

– Estimo que a noite lhe corresse feliz...

– Alguma cousa...

– Mas a uma carta responde-se; por que não respondeu à minha? – disse a viúva.

– À sua qual?

– A carta que lhe escrevi pedindo que viesse tomar chá conosco?

– Não me lembro.

– Não se lembra?

– Ou, se recebi essa carta, foi em ocasião que a não pude ler, e então esqueci, esqueci-a em algum lugar...

– É possível: mas é a última vez...

– Não me convida mais para tomar chá?

– Não. Pode arriscar-se a perder distrações melhores.

– Isso não digo: a senhora trata bem a gente, e em sua casa passam-se bem as horas... Isto é com franqueza. Mas então tomou chá sozinha? E o Diogo?

– Descartei-me dele. Acha que ele seja divertido?

– Parece que sim... É um homem delicado; um tanto dado às paixões, é verdade, mas sendo esse um defeito comum, acho que nele não é muito digno de censura.

– O Diogo está vingado.

– De que, minha senhora?

Emília olhou fixamente para Tito e disse:

– De nada!

E levantando-se dirigiu-se para o piano.

– Vou tocar – disse ela –; não o aborrece?

– De modo nenhum.

Emília começou a tocar; mas era uma música tão triste que infundia certa melancolia no espírito do moço. Este, depois de algum tempo, interrompeu com estas palavras:

– Que música triste!

– Traduzo a minha alma, disse a viúva.

– Anda triste?

– Que lhe importam as minhas tristezas?

– Tem razão, não me importam nada. Em todo o caso, não é comigo?

Emília levantou-se e foi para ele.

– Acha que lhe hei de perdoar a desfeita que me fez? – disse ela.

– Que desfeita, minha senhora?

– A desfeita de não vir ao meu convite?

– Mas eu já lhe expliquei...

– Paciência! O que sinto é que também nesse voltarete estivesse o marido de Adelaide.

– Ele retirou-se às 10 horas, e entrou um parceiro novo, que não era de todo mau.

– Pobre Adelaide!

– Mas se eu lhe digo que ele se retirou às 10 horas...

– Não devia ter ido. Devia pertencer sempre à sua mulher. Sei que estou falando a um descrido; não pode calcular a felicidade e os deveres do lar doméstico. Viverem duas criaturas uma para outra, confundidas, unificadas; pensar, respirar, sonhar a mesma cousa; limitar o horizonte nos olhos de cada uma, sem outra ambição, sem inveja de mais nada. Sabe o que é isto?

– Sei... É o casamento por fora.

– Conheço alguém que lhe provava aquilo tudo...

– Deveras? Quem é essa fênix?

– Se lho disser, há de mofar; não digo.

– Qual mofar! Diga lá, eu sou curioso.

– Não acredita que haja alguém que possa amá-lo?

– Pode ser...

– Não acredita que alguém, por despeito, por outra cousa que seja, tire da originalidade do seu espírito os influxos de um amor verdadeiro, mui diverso do amor ordinário dos salões; um amor capaz de sacrifício, capaz de tudo? Não acredita!

– Se me afirma, acredito; mas...

– Existe a pessoa e o amor.

– São então duas fênix.

– Não zombe. Existem... Procure...

– Ah! isso há de ser mais difícil: não tenho tempo. E, supondo que achasse, de que me servia? Para mim é perfeitamente inútil. Isso é bom para outros; para o Diogo, por exemplo...

– Para o Diogo?

A bela viúva pareceu ter um assomo de cólera. Depois de um silêncio disse:

– Adeus! Desculpe, estou incomodada.

– Então, até amanhã!

Dizendo o que, Tito apertou a mão de Emília e saiu tão alegre e descuidoso como se saísse de um jantar de anos.

Emília, apenas ficou só, caiu numa cadeira e cobriu o rosto.

Estava nessa posição havia cinco minutos, quando assomou à porta a figura do velho Diogo.

O rumor que o velho fez entrando despertou a viúva.

— Ainda aqui!

— É verdade, minha senhora — disse Diogo, aproximando-se —, é verdade. Ainda aqui, por minha infelicidade...

— Não entendo...

— Não saí para casa. Um demônio oculto me impeliu para cometer um ato infame. Cometi-o, mas tirei dele um proveito; estou salvo. Sei que me não ama.

— Ouviu?

— Tudo. E percebi.

— Que percebeu, meu caro senhor?

— Percebi que a senhora ama o Tito.

— Ah!

— Retiro-me, portanto, mas não quero fazê-lo sem que ao menos fique sabendo de que saio com ciência de que não sou amado; e que saio antes de me mandarem embora.

Emília ouviu as palavras de Diogo com a maior tranquilidade. Enquanto ele falava teve tempo de refletir no que devia dizer.

Diogo estava já a fazer o seu último cumprimento, quando a viúva lhe dirigiu a palavra.

— Ouça-me, sr. Diogo. Ouviu bem, mas percebeu mal. Já que pretende ter sabido...

– Já sei; vem dizer que há um plano assentado de zombar com aquele moço...

– Como sabe?

– Disse-mo d. Adelaide.

– É verdade.

– Não creio.

– Por quê?

– Havia lágrimas nas suas palavras. Ouvi-as com a dor n'alma. Se soubesse como eu sofria!

A bela viúva não pôde deixar de sorrir ao gesto cômico de Diogo. Depois, como ele parecesse mergulhado em meditação sombria, disse:

– Engana-se, tanto que volto para a cidade.

– Deveras?

– Pois acredita que um homem como aquele possa inspirar qualquer sentimento sério? Nem por sombras!

Estas palavras foram ditas no tom com que Emília costumava persuadir aquele eterno namorado. Isso e mais um sorriso, foi quanto bastou para acalmar o ânimo de Diogo. Daí a alguns minutos estava ele radiante.

– Olhe, e para desenganá-lo de uma vez vou escrever um bilhete ao Tito...

– Eu mesmo o levarei – disse Diogo, louco de contente.

– Pois sim!

– Adeus, até amanhã. Tenha sonhos cor-de-rosa, e desculpe os meus maus modos. Até amanhã.

O velho beijou graciosamente a mão de Emília e saiu.

CAPÍTULO IV

No dia seguinte, ao meio-dia, Diogo apresentou-se ao Tito, e depois de falar sobre diferentes cousas, tirou do bolso uma cartinha, que fingira ter esquecido até então, e a qual mostrava não dar grande apreço.

"Que bomba!", disse ele consigo, na ocasião em que Tito rasgou a sobrecarta. Eis o que dizia a carta:

"Dei-lhe o meu coração. Não quis aceitá-lo, desprezou-o mesmo. A sua bota magoou-o demais para que ele possa palpitar ainda. Está morto. Não o censuro; não se deve falar de luz aos cegos; a culpada fui eu. Supus que pudesse dar-lhe uma felicidade, recebendo outra. Enganei-me.

Tem a glória de retirar-se com todas as honras de guerra. Eu é que fico vencida. Paciência! Pode zombar de mim; não lhe contesto o direito que tem para isso.

Entretanto, devo dizer-lhe que eu bem o conhecia; nunca lho disse, mas conhecia-o; desde o dia em que o vi pela primeira vez em casa de Adelaide, reconheci na sua pessoa o mesmo homem que um dia veio atirar-se aos meus pés... Era zombaria então, como hoje. Eu já devia conhecê-lo. Caro pago o meu engano. Adeus, adeus para sempre."

Lendo esta carta, Tito olhava repetidas vezes para Diogo. Como é que o velho se prestara àquilo? Era autêntica ou apócrifa a tal carta? Sobre não trazer assinatura, tinha a letra disfarçada. Seria uma arma de que o velho usara para descartar-se do rapaz? Mas, se fosse assim, era preciso que ele soubesse do que se passara na véspera.

Tito releu a carta muitas vezes; e, despedindo-se do velho, disse-lhe que a resposta iria depois.

Diogo retirou-se esfregando as mãos de contente.

É que a carta cuja leitura os leitores fizeram ao mesmo tempo que o nosso herói, não era a que Emília lera a Diogo. Na minuta apresentada ao velho a viúva declarava simplesmente que se retirava para a Corte, e acrescentava que, entre as recordações que levava de Petrópolis, figurava Tito, pela figura que ela havia representado diante dele. Mas essa minuta, por uma destreza puramente feminina, não foi a que Emília mandou a Tito, como viram os leitores.

À carta de Emília respondeu Tito nos seguintes termos:

"*Minha senhora,*

Li e reli a sua carta; e não lhe ocultarei o sentimento de pesar que ela me inspirou. Realmente, minha senhora, é esse o estado do seu coração? Está assim tão perdido por mim?

Diz Vossa Excelência que eu com a minha bota machuquei o seu coração. Penaliza-me o fato, sem que eu, entretanto, o confirme. Não me lembra até hoje que tivesse feito estrago algum desta natureza. Mas, enfim, Vossa Excelência o diz, e eu devo crê-lo.

Lendo esta carta Vossa Excelência dirá consigo que eu sou o mais audaz cavalheiro que ainda pisou a terra de Santa Cruz. Será um engano de observação. Isto em mim não é audácia, é franqueza. Lastimo que as cousas chegassem a este ponto, mas não posso dizer-lhe nada mais que a verdade.

Devo confessar que não sei se a carta a que respondo é de Vossa Excelência. A sua letra, de que eu já vi uma amostra no álbum de d. Adelaide, não se parece com a da carta; está evidentemente disfarçada; é de qualquer mão. Demais, não traz assinatura.

Digo isto porque a primeira dúvida que nasceu em meu espírito proveio do portador escolhido. Pois quê? Vossa Excelência não achou outro senão o próprio Diogo? Confesso que, de tudo o que tenho visto em minha vida, é isto o que mais me faz rir.

Mas eu não devo rir, minha senhora. Vossa Excelência abriu-me o seu coração de um modo que inspira antes compaixão. Esta compaixão não lhe é desairosa, porque não vem por sentido irônico. É pura e sincera. Sinto não poder dar-lhe essa felicidade que me pede; mas é assim.

Não devo estender-me, contudo custa-me arrancar a pena de cima do papel. É que poucos terão a posição que eu ocupo agora, a posição de requestado. Mas devo acabar e acabo aqui, mandando-lhe os meus pêsames e rogando a Deus para que encontre um coração menos frio que o meu.

A letra vai disfarçada como a sua, e, como na sua carta, deixo a assinatura em branco."

Esta carta foi entregue à viúva na mesma tarde. À noite, Azevedo e Adelaide foram visitá-la. Não puderam dissuadi-la da ideia da viagem para a Corte.

Emília usou mesmo de uma certa reserva para com Adelaide, que não pôde descobrir os motivos de semelhante procedimento, e retirou-se um tanto triste.

No dia seguinte, com efeito, Emília e a tia aprontaram-se e saíram para voltar para a corte.

Diogo ficou em Petrópolis ainda, cuidando em aprontar as malas... Não queria, dizia ele, que o público, vendo-o partir em companhia das duas senhoras, supusesse coisas desairosas à viúva.

Todos estes passos admiravam Adelaide, que, como disse, via na insistência de Emília e nos seus modos reservados um segredo que não compreendia.

Quereria ela por aquele meio de viagem atrair Tito? Nesse caso, era cálculo errado; visto que o rapaz, naquele dia, como nos outros, acordou tarde e almoçou alegremente.

– Sabe – disse Adelaide –, que a esta hora deve ter partido para a cidade nossa amiga Emília?

– Já tinha ouvido dizer.

– Por que será?

– Ah! isso é que eu não sei. Altos segredos do espírito de mulher! Por que sopra hoje a brisa deste lado e não daquele? Interessa-me tanto saber uma coisa como outra.

No fim do almoço, Tito, como quase sempre, retirou-se para ler durante duas horas.

Adelaide ia dar algumas ordens quando viu com pasmo entrar-lhe em casa a viúva, acompanhada de um criado.

–Ah! não partiste! – disse Adelaide correndo a abraçá-la.

– Não me vês aqui?

O criado saiu a um sinal de Emília.

– Mas que há? – perguntou a mulher de Azevedo, vendo os modos estranhos da viúva.

–Que há? – disse esta. – Há o que não prevíamos... És quase minha irmã... posso falar francamente. Ninguém nos ouve?

– Ernesto está fora, e o Tito lá em cima. Mas que ar é esse?

– Adelaide! – disse Emília com os olhos rasos de lágrimas –, eu o amo!

– Que me dizes?

– Isto mesmo. Amo-o doudamente, perdidamente, completamente. Procurei até agora vencer esta paixão, mas não pude; e quando, por vãos preconceitos, tratava de ocultar-lhe o estado do meu coração, não pude, as palavras saíram-me dos lábios insensivelmente...

– Mas como se deu isto?

– Eu sei! Parece que foi castigo; quis fazer fogo e queimei-me nas mesmas chamas. Ah! não é de hoje que me sinto assim. Desde que os seus desdéns em nada cederam, comecei a sentir não sei o quê; ao princípio despeito, depois um desejo de triunfar, depois uma ambição de ceder tudo, contanto que tudo ganhasse; afinal, não fui senhora de mim. Era eu quem me sentia doudamente apaixonada e lho manifestava, por gestos, por palavras, por tudo; e mais crescia nele a indiferença, mais crescia o amor em mim.

– Mas estás falando sério?

– Olha antes para mim.

– Quem pensara?...

– A mim própria parece impossível; porém é mais que verdade...

– E ele?...

– Ele disse-me quatro palavras indiferentes, nem sei o que foi, e retirou-se.

– Resistirá?

– Não sei.

– Se eu adivinhara isto, não te insinuaria naquela malfadada ideia.

– Não me compreendeste. Cuidas que eu deploro o que acontece? Oh! não! Sinto-me feliz, sinto-me orgulhosa... É um destes amores que brotam por si para encher a alma de satisfação: devo antes abençoar-te...

– É uma verdadeira paixão... Mas acreditas impossível a conversão dele?

– Não sei; mas seja ou não impossível, não é a conversão que eu peço; basta-me que seja menos indiferente e mais compassivo.

– Mas que pretendes fazer? – perguntou Adelaide, sentindo que as lágrimas também lhe rebentavam dos olhos.

Houve alguns instantes de silêncio.

– Mas o que tu não sabes – continuou Emília –, é que ele não é para mim um simples estranho. Já o conhecia antes de casada. Foi ele quem me pediu em casamento antes de Rafael...

– Ah!

– Sabias?

– Ele já me havia contado a história, mas não nomeara a santa. Eras tu?

– Era eu. Ambos nos conhecíamos, sem dizermos nada um ao outro...

– Por quê?

A resposta a esta pergunta foi dada pelo próprio Tito, que assomara à porta do interior. Tendo visto entrar a viúva de uma das janelas, Tito desceu abaixo a ouvir a conversa dela com Adelaide. A estranheza que lhe causava a volta inesperada de Emília podia desculpar a indiscrição do rapaz.

— Por quê? — repetiu ele. — É o que lhes vou dizer.

— Mas, antes de tudo — disse Adelaide —, não sei se sabe que uma indiferença, tão completa, como a sua, pode ser fatal a quem lhe é menos indiferente?

— Refere-se à sua amiga? — perguntou Tito. — Eu corto tudo com uma palavra. — E, voltando-se para Emília, disse, estendendo-lhe a mão:

— Aceita a minha mão de esposo?

Um grito de alegria suprema ia saindo do peito de Emília; mas não sei se um resto de orgulho, ou qualquer outro sentimento, converteu essa manifestação em uma simples palavra, que aliás foi pronunciada com lágrimas na voz:

— Sim! — disse ela.

Tito beijou amorosamente a mão da viúva. Depois acrescentou:

— Mas é preciso medir toda a minha generosidade; eu devia dizer: aceito a sua mão. Devia ou não devia? Sou um tanto original e gosto de fazer inversão em tudo.

— Pois sim; mas, de um ou de outro modo, sou feliz. Contudo, um remorso me surge na consciência. Dou-lhe uma felicidade tão completa como a que recebo?

— Remorso? Se é sujeita aos remorsos, deve ter um, mas por motivo diverso. A senhora está passando neste momento pelas forças caudinas. Fi-la sofrer, não? Ouvindo o que vou dizer, concordará que eu já antes sofria, e muito mais.

— Temos romance? — perguntou Adelaide a Tito.

— Realidade, minha senhora — respondeu Tito —, e realidade em prosa. Um dia, há já alguns anos, tive eu a felicidade de ver uma senhora, e amei-a. O amor foi tanto mais indomável quanto que me nasceu de súbito. Era então mais ardente que hoje, não conhecia muito os usos do mundo. Resolvi declarar-lhe a minha paixão e pedi-la em casamento. Tive em resposta este bilhete...

– Já sei – disse Emília. Essa senhora fui eu. Estou humilhada; perdão!

– Meu amor lhe perdoa; nunca deixei de amá-la. Eu estava certo de encontrá-la um dia e procedi de modo a fazer-me o desejado.

– Escreva isto e dirão que é um romance – disse alegremente Adelaide.

– A vida não é outra cousa... – acrescentou Tito.

Daí a meia hora entrava Azevedo. Admirado da presença de Emília quando a supunha a rodar no trem de ferro, e mais admirado ainda das maneiras cordiais por que se tratavam Tito e Emília, o marido de Adelaide inquiriu a causa disso.

– A causa é simples – respondeu Adelaide –; Emília voltou porque vai casar-se com Tito.

Azevedo não se deu por satisfeito; explicaram-lhe tudo.

– Percebo – disse ele –; Tito, não tendo alcançado nada caminhando em linha reta, procurou ver se alcançava caminhando por linha curva. Às vezes, é o caminho mais curto.

– Como agora – acrescentou Tito.

Emília jantou em casa de Adelaide. À tarde, apareceu ali o velho Diogo, que ia despedir-se porque devia partir para a corte no dia seguinte, de manhã.

Grande foi a sua admiração quando viu a viúva.

– Voltou?

– É verdade – respondeu Emília rindo.

– Pois eu ia partir, mas já não parto. Ah! recebi uma carta da Europa: foi o capitão da galera Macedônia quem a trouxe! Chegou o urso!

– Pois vá fazer-lhe companhia – respondeu Tito.

Diogo fez uma careta. Depois, como desejasse saber o motivo da súbita volta da viúva, esta explicou-lhe que se ia casar com Tito.

Diogo não acreditou.

– É ainda um laço, não? – disse ele piscando os olhos.

E não só não acreditou, então, como não acreditou daí em diante, apesar de tudo. Daí a alguns dias partiram todos para a corte. Diogo ainda se não convencia de nada. Mas, quando entrando um dia em casa de Emília viu a festa do noivado, o pobre velho não pôde negar a realidade e sofreu um forte abalo. Todavia, teve ainda coração para assistir às festas do noivado.

Azevedo e a mulher serviram de testemunhas.

"É preciso confessar – escrevia dois meses depois o feliz noivo ao esposo de Adelaide; – é preciso confessar que eu entrei num jogo arriscado. Podia perder; felizmente ganhei."

Impressão e Acabamento
Gráfica Oceano